KB059225

Only Sense
온리 센스 온라인
Online 08

신 에어리어 원정의 피로는——
[온천] 에서 회복!

히노 Hino

뮤우 Myu

미카즈치 Mikaduchi

산 중턱에 있는
세이프티 에어리어에는
커다란 바위로 이루어진 분지가 있고,
거기에는 산 경사면의 틈새에서 솟아난
뜨거운 물이 고인
온천이 존재했다.

화산 에어리어의 6분 능선 부근에
하얀 연기가 올라오는 장소가 보였다.

루카토 Lucato

토우토비 Toutobi

세이 Sei

온리 센스 온라인
8

아로하자초 지음 | **유키상** 일러스트 | **한신남** 옮김

커버 그림, 본문 일러스트 | **유키상**

Only Sense Online
화산 원정과 임시 가입

Only Sense
온리 센스 온라인
Online 08

윤 Yun

최고로 인기 없는 무기 [활]을 택해버린 초심자 플레이어.
수습 생산직으로서 부가 마법이나 아이템 생산의 가능성을
깨닫기 시작하고 ——

뮤우 Myu

윤의 리얼 여동생. 한 손 검과 광 마법을 다루는 성기사로
완전 전위형. 베타판에서는 전설이 될 정도의 치트급 플레
이어.

마기 Magi

톱 생산직 중 한 명으로 플레이어들 중에서도 유명한 무기
장인. 윤의 든든한 선배로 충고를 해준다.

세이 Sei

윤의 리얼 누나. 베타판부터 플레이한 최강 클래스의 마법
사. 수 속성을 주로 다루고 모든 등급의 마법을 구사한다.

타쿠 Taku

윤을 OSO로 끌어들인 장본인. 한 손 검을 다루고 경갑옷
을 장비하는 검사. 공략에 애쓰는 정통파 플레이어.

클로드 Cloude

재봉사. 톱 생산직 중 한 명으로 의
복류 장비품 가게의 주인. 윤이나
마기의 오리지널 장비 클로드 시리
즈를 만들었다.

리리 Lyly

톱 생산직 중 한 명으로 일류 목공
기술자. 지팡이나 활 등의 수제 장
비는 많은 플레이어에게 인기를 얻
고 있다.

서장 체내 던전과 기생충

"우엑, 벽이 꿀럭거려."

"오오, 그야말로 체내란 느낌!"

두근거리는 눈치인 타쿠나 다른 이들과는 대조적으로 나는 체내 던전의 꿀럭대는 감촉의 바닥을 겁먹은 발길로 나아갔다.

여기는 초거대 몬스터인 그랜드 록의 체내에 존재하는 던전이다.

체내 던전의 벽에서 여러 몬스터들이 공격해 왔다.

말캉대는 새하얀 몸의 흡혈 거머리가 곳곳에서 나타났다.

체내 던전의 살로 된 벽을 기어온 벌레 같은 몬스터가 천장에서 떨어졌다.

벽을 뚫고 모습을 보이는 기생충 같은 몬스터도 있었다.

그러한 몬스터들은 전투로 쓰러진 뒤에도 여러 상태이상의 점액을 뿌려댔다.

이 단계에서 나의 SAN치(정신도)는 상당히 깎여나갔다.

그리고 체내 던전에는 적 몬스터만이 아니라 나의 SAN치를 더욱 깎아먹는 기믹이 기다리고 있었다.

"오, 이쪽으로 내려가는 통로가 있어!"

"간츠. 기다려. 거기는 안 좋은 느낌이 들어."

"안 좋은 느낌? 무슨 센스가 반응했어?"

"아니, 그게 말이지. 반응하긴 하는데, 나의 [간파] 센스 레벨이 낮아서 뭐에 대해 반응한 건지 모르겠어."

일단 그랜드 록의 체내 던전에 들어온 단계에서 나의 [간파] 센스의 레벨은 20이었지만, 그걸로는 판별할 수 없었다.

"으음, 이 장소에 함정이 있든가, 안쪽의 몬스터에게 반응했나……. 그게 확실하지 않으면 조금 곤란한데."

"그렇다고 파티 중 한 명을 선행시켜서 조사할 수도 없고."

팔짱을 끼고 진지하게 고민하는 타쿠와 케이. 그동안에 다른 파티가 그 던전의 통로로 내려갔다. 그리고——

"우, 우와아아악——"

통로 안쪽으로 맹렬한 기세로 빨려들어 가는 플레이어들.

그리고 통로 입구의 의태가 풀리고 눈이 퇴화한 생물의 머리가 나타났다.

"설마 저건 내려가는 통로가 아니라……."

"생물의 입이었네. 그렇다면 저기로 떨어지면——"

미닛츠와 마미는 여자니까 끝까지 말하지 않았지만, 오히려 확실히 말하지 않았기 때문에 상상하여 공포를 부추겼다.

"""——우아아아악!"""

"히익?!"

통로로 의태한 생물의 내부에서 빨려들어 갔던 플레이어들의 비명이 들려오고, 내 얼굴은 완전히 핏기를 잃고 새파란 색에서 새하얀 색으로 변했다.

"뭐야, 이 호러 공간. 싫다."

"윤이 이러면 아무래도 틀렸나. 어쩔 수 없지, 일단 돌아
가서……."

"타쿠, 왜 그래?"

가급적 보기 싫어서 눈을 돌렸지만, 타쿠의 말이 도중에
끊긴 걸 이상하게 생각하여 고개를 들자 타쿠가 어느 한 점
을 보고 있었다.

"아, 윤한테는 미안하지만 곧바로는 못 돌아가겠어."

그렇게 말하는 타쿠의 시선을 따라가 보니 여태까지 지나
온 통로를 구성하던 벽이 조여든 것처럼 닫히는 게 보였다.

그러는 한편, 다른 쪽 벽이 확장되어 새로운 통로가 나타
났다.

"나는 괜찮아. 아마 기력으로 어떻게든 버틸 수 있어."

이미 허세를 부리던 나는 이 그로테스크하고 호러한 공간
에서 1초라도 빨리 나가고 싶은 충동을 억누르고 이성적으
로 행동했다.

"이래선 돌아갈 길이 없어졌군. 케이는 어떻게 생각해?"

"시간 경과에 따른 던전의 구조 변화겠지. 그거라면 어딘
가에 출구와 보스에게 가는 길이 확보되었을 거야. 그럼 신
중하게 전진할 수밖에 없지 않아? 타쿠, 윤을 위해서 먼저
출구부터 찾을까?"

"그렇군. 그럴까."

그리고 모두와 함께 출구를 찾기 위해 방황했지만, 여기

는 구조를 파악하지 못한 미지의 던전이다.

　일단은 매핑을 하면서 던전을 탐색했지만, 구조가 변하는 던전이기 때문에 규칙성이나 일정 루트를 발견할 수 없어서 작성한 지도는 도움이 되지 않았다. 그렇게 정처 없이 방황한 결과——

　"우와, 빨려든다! 함정에 다리가 걸렸어!"

　"윤?! 지금 꺼내줄게!"

　"어이, 적이 온다! 윤을 지켜!"

　말캉대는 바닥이 순간 가라앉나 싶더니 내 왼다리만 빨아들이는 바람에 나는 움직일 수 없어졌다.

　그와 맞춰서 여러 몬스터가 벽을 뚫고 모습을 보여서 일행을 습격했다.

　나는 한쪽 다리가 붙잡혀서 움직일 수 없더라도 인챈트나 활로 공격하여서 도우려고 했지만, 한쪽 다리가 걸린 함정 안쪽에는 빈 공간이 있는 모양이고 그 안에서 뭔가가 꿈틀거리는 게 느껴졌다.

　"히익?! 뭐, 뭔가 있어! 아윽! 지금 닿았어!"

　"윤, 정신 똑바로 차리세요! 금방 구해줄게요."

　"우와아아악, 얼른, 얼른, 얼른. 불쾌해!"

　TV방송에서 안에 뭐가 들었는지 모르는 상자 안에 손을 넣어서 내용물을 확인하는 게임을 곧잘 봤는데, 내가 그 공포를 맛보게 될 줄은 몰랐다.

　미지의 것과 닿은 공포가 이렇게 무섭고 소름끼치는 줄은 몰랐기 때문에, 지금은 공격도 지원도 다 내던지고 한탄할 수밖에 없었다.

그런 나를 격려해주는 마미에게 매달리듯이 도움을 청했다.

모두가 몬스터를 쓰러뜨리는 동안에는 아무도 나를 도와줄 수 없기 때문에, 나는 울 것 같은 상태에서도 그 미지의 불쾌함을 꾹 참았다. 이럭저럭하는 사이에 몬스터는 다 쓰러지고, 나는 간신히 함정에서 발을 빼낼 수 있었다.

내 다리 주위에 달라붙었던 것은 미꾸라지 같은 생물이었다.

그런 게 함정 안에 고인 물 안을 헤엄치는 모습을 보니 이런 것에 겁을 먹었나 싶어서 놀람과 동시에 기력이 쭉쭉 빠져나갔다.

애초에 왜 이런 게 있나 싶어서 추욱 고개를 숙였다.

그 뒤에도 출구를 찾아다니는데, 넘어졌다가 흡혈 거머리에게 붙들렸고 그 끈적끈적한 감촉에 온몸에 소름이 돋았다. 그걸 황급히 내던졌다가 미닛츠 방향으로 날아가는 바람에 미닛츠가 비명을 지르는 결과가 되었다.

한편, 간츠는 벽에서 나타난 기생충 몬스터가 내뱉은 이상한 액체를 머리에 뒤집어써서 독이나 마비 등이 뒤섞인 상태이상과 산(酸) 같은 도트 대미지에 걸렸다. 갑작스러운 일에 액체 안에서 절규하는 간츠의 모습을 본 마미는 다리가 풀려서 한동안 점액 묻은 바닥에 앉아서 몸을 떨었다.

최악이었던 것은 시궁창 같은 색깔의 핵을 가진 젤 형태의 생물인 거대 단세포 [프레쉬 박테리아]였다.

　이건 공격을 받으면 HP가 절반이 되어 분열하고, 그 부딪치기 공격에는 HP 흡수의 효과가 있었다. 그렇기 때문에 공격할 때마다 폭발적으로 증식하는 몬스터의 숫자에 고전할 뿐만 아니라 HP가 높은 케이가 집중적으로 공격을 받아 세포들에게 포위되었다.

　"케이! 지금 도와줄게!"

　"나한테는 신경 꺼! 얼른 이 녀석들을 해치워!"

　세포들에게 둘러싸여서 계속 HP를 빼앗기면서 전투는 장기전이 되었다.

　밀려드는 세포들에 대한 공포, 쓰러뜨려도 쓰러뜨려도 끝나지 않는 허무함, 괜히 소모되는 아이템의 잔량 때문에 일어나는 초조함 등을 품으면서 간신히 케이를 구출하고 미닛츠와 마미의 범위 마법으로 [프레쉬 박테리아] 섬멸에 성공했다. 다음부터는 발견하거든 전력으로 회피하기로 했다.

　그리고 1초라도 빨리 던전에서 탈출하고 싶은 마음으로 걷는데——

　"왜 그랜드 록의 심실까지 도달하는데! 게다가 그랜드 록의 심장에 달라붙은 녀석이 던전 보스냐!"

　보스 방인 그랜드 록의 심실에는 심장에 달라붙은 말미잘 같은 무수한 촉수를 가진 보스몹 [전격 기생충]이 기다리고 있었다.

촉수 끝에는 전기구슬을 띠었고, 그걸로 본체를 향한 공격을 막는 동시에 그걸 휘두르는 공격으로 나온다. 전기를 띠었기 때문에 [마비]의 상태이상도 사용한다.

공략법으로는 수수하게 촉수를 베어내면서 전기구슬을 촉수 안에 다시 집어넣기 전에 파괴할 수밖에 없다.

"……촉수를 베어내고 전기구슬을 파괴. 촉수를 베어내고 전기구슬을 파괴."

상당한 장기전과 미끌미끌하니 기분 나쁜 몬스터와의 전투로 중간부터 망가진 로봇처럼 스스로에게 주어진 움직임을 실행하였다.

그리고 정신을 차렸을 때에는 그랜드 록의 심장에 기생했던 말미잘형 보스 몹의 모습은 사라지고, 보스 몹에게 침식당하여 약한 고동을 울리는 시커멓고 거대한 심장, 그리고 우리의 수중에는 [전기 기생충]의 보스 드랍인 강화소재 [패러사이트 페이스메이커]가 남겨졌다.

그러자 보스 방의 벽 중 일부가 열려 위쪽으로 올라가는 계단이 나타났다. 또 우리의 메뉴에는 기간 한정 퀘스트가 새롭게 시작된다는 알림이 나왔다.

──긴급 퀘스트 : 그랜드 록의 심장을 치유하라. (남은 시간 72시간)

[전기 기생충]을 쓰러뜨려서 심장의 고동이 약해지고 있다.

이 동안 일정 이상의 회복마법 사용, 혹은 회복 아이템 사용으로 심장을 치료하라. 이 기간이 끝났을 경우, 심장에 남은 [전기 기생충]의 알이 부화하여 다시금 기생을 시작한다.

"오옷?! 기간 한정 퀘스트인가. 이거 호기심을 자극하는데. 게다가 우리 파티에는 퀘스트에 알맞은 사람들이 있으니까."

그렇게 말하며 타쿠는 보스와의 전투 직후로 다소 지친 얼굴을 한 미닛츠와 이미 마음이 죽어버린 나에게 눈을 돌렸다.

나는 이 자리에 주저앉고 싶었지만, 살로 된 바닥에 앉는게 싫어서 기력으로 서 있었다.

"그럼 나부터 갈게. ──〈라지 힐〉!"

미닛츠가 외운 회복마법이 그랜드 록의 심장을 감쌌다.

그리고 퀘스트 메뉴에 새로운 정보가 추가되었다.

──[1/10000]이라는 숫자가.

"우와, 1만 번이나 회복마법을 써야 해?"

미닛츠는 그렇게 말하며 쓸 수 있는 마법을 이것저것 시험했지만, 상태이상 회복 계열의 마법은 효과가 없었다. 최하급의 마법으로는 표시되지 않긴 해도 소수점 이하도 확실히 누적되는 듯하였다.

"으음. 〈하이 힐〉이 1회분. 범위마법인 〈라운드 힐〉이 2회분. 상위인 〈메가 힐〉이 4회분인가. 꽤나 힘드네."

"다음은 윤이군."

그런 말을 해도 이미 무기력한 나는 인벤토리 안의 포션을 방출하여 죄다 타쿠에게 맡겼다.

직접 만들어서 효과가 높은 포션, 기본적인 효과의 기본 포션, 소생약 등, 여러 포션을 사용한 결과——

회복마법의 결과와 비슷한 결과였다. 포션은 소수점 가산, 하이포션이 1회분.

다만 블루포션은 저렴하고 레벨 제한이 없는 포션이면서도 2회분의 효과를 가졌다. 제일 높은 건 소생약의 5회분.

블루포션에는 무슨 보정이 있는 걸까, 다른 것보다 비용에 비해 효과가 괜찮았다.

"으음. 1만 번 분량의 하이포션 회복은 힘들겠어."

냉정하게 내가 가진 포션과 계산해보았지만, 퀘스트의 조건을 달성하기엔 분명히 부족했다.

"게다가 그랜드 록의 심장에 공격해도 대미지가 들어가는 기색이 없으니까 몬스터가 아니라 오브젝트 취급이겠지. 어쩔 수 없군. 이번에는 이걸로 끝낼까!"

간신히 탈출할 수 있다! 그렇게 생각하자, 나는 바로 타쿠의 팔을 붙잡고 잡아끌 듯이 던전 밖으로 데려갔다.

다른 이들이 놀란 눈으로 지켜보는 가운데, 스스로도 인챈트를 걸었다고 해도 내 스테이터스로 타쿠를 끌고 갈 수 있을 거라곤 생각하지 않았다.

준비된 출구의 계단을 전속력으로 달려 올라가자, 문적문적한 살바탕의 바닥이 중간부터 바위처럼 단단한 지면으로 바뀌어서 조금 마음이 놓였다.

그리고 드디어——

"와아. 탈출했어……."

들어오기 전에 있었던 그 세이프티 에어리어로 돌아왔다.

이미 밤이 되어서 천장에 뚫린 구멍에서 달빛이 반짝반짝 내리쬐는 [생명의 물]의 샘에 뛰어들었다.

흔들리는 수면에 난반사하는 달빛이 동굴 안의 천장이나 벽에 흩어져서 환상적인 분위기를 자아내었다.

뒤따라온 간츠 일행도 샘 속에 잠긴 나와 샘의 분위기에 숨을 삼키는 가운데, 나는 그 자리에 주저앉았다.

"하아~~. 간신히 밖이다……."

체내 던전 탐색만으로도 내 정신의 한계를 가볍게 오버해서 나는 이미 기력을 다 써버렸다.

다만 그랜드 록 퀘스트를 그대로 놔둬도 되는 걸까 하는 생각이 마음에 걸렸다.

●

"언니! 윤 언니……!"

"어?! 뭐, 뭐야, 뮤우네도 몰려와서 왜 그래?"

나는 최근 그랜드 록 퀘스트가 미달성으로 끝난 걸 멍하니 생각하는 일이 많아졌다. 지금도 뮤우네가 모인 걸 알아차리지 못 했다.

"윤 언니! 요즘 멍할 때가 너무 잦아!"

살과 점액으로 물든 체내 던전에서 기력을 소모한 나는 그날 밤 [아트리엘]에 틀어박혀서 기력을 충전하였다.

지금 이 장소에는 나를 걱정한 뮤우나 타쿠가 모여 있었지만, 세이 누나까지 오는 건 드문 일이었다.

"뮤우나 타쿠가 오는 건 이해되는데, 왜 세이 누나가 있어?"

뮤우나 타쿠는 [아트리엘]을 빈번하게 이용하기 때문에 왔어도 이상하지 않지만, 세이 누나는 길드의 생산직이 준비하는 아이템을 사용하니까 좀처럼 오지 않는다.

"[팔백만]에서 윤한테 의뢰를 하려고."

"나한테 의뢰?"

뭔가 어려운 일이라도 맡기려는 건가 싶어서 살짝 긴장했지만, 내 표정을 본 세이 누나는 그 오해를 풀기 위해 계속해서 설명했다.

"미카즈치가 기획한 과일 계열 아이템에서 만든 술의 시음회를 할 건데 [요리] 센스를 가진 플레이어한테 평가를 받고 싶으니까 그 의뢰. 이게 시음회 초대장이야."

그렇게 말하며 착착 접힌 은색 초대장을 건네주었다. 그게 외부 플레이어를 길드에 부르기 위한 아이템인데, 아무래도 이건 1회용인 모양이다.

"흐음. 시음회라. 그렇긴 해도 우리는 미성년이니까 술 못 마시잖아."

"그 점은 괜찮아. 일단 술이 되기 전의 과즙 주스도 준비했고, 술도 일단 요리해서 가열하면 문제없으니까."

알콜을 날리면 된다는 소리일까. 술의 종류에 따라서 여러 요리가 나오겠다고 상상하는 한편, 한 가지 의심이 들었다.

"저기, 세이 누나. 길드에 가면 끈질긴 권유 같은 거 안 하지?"

"후훗, 안 해, 안 해. 이번 시음회의 실태는 미카즈치가 합법적으로 술을 마시기 위한 연회니까."

뭐, 길드로서는 권유보다도 가벼운 연회가 주된 거겠지만, 개인 단위로는 가볍게 길드에 권유하거나 다음 파티나 퀘스트 예정을 서로 이야기할 거라고 세이 누나가 덧붙였다.

"그리고 왜인지는 모르지만, 윤 언니가 요 며칠 동안 멍하니 있잖아! 그러니까 기분 전환하러 가자! 혼자서 여기 있으면 정신 건강에 안 좋아!"

아무래도 뮤우도 시음회, 아니, 연회에 참가하고 싶은 모양이다.

타쿠 쪽으로 시선을 돌리자——

"나는 참가 안 해. 선약이 있거든. 그리고…… 으음, 저번에는 억지로 데려가서 미안했어."

타쿠가 뒤통수를 긁적이면서 멋쩍은 듯이 사과하였다. 체내 던전에 기세를 타고 돌입한 것을 사과하는 거라면 그저 내게 그런 쪽의 내성이 없었을 뿐이다. 다음부터는 조금 배려해주면 족하다.

그보다 내가 묻고 싶은 것은——

"그 퀘스트는 클리어 안 해?"

"딱히 지금 당장 클리어할 필요는 없겠지. 느긋하게 준비해도 되겠고, 다음에는 전제조건이 전혀 다를 가능성도 있어. 그러니까 일단 상황을 봐야지. 그보다 윤이야말로 그렇게 정신이 딴 데 있는 상태로 포션 만들다간 실패한다?"

"윽, 그러고 보면."

타쿠도 지적했지만, 분명히 최근 너무 멍하니 있다 보니 포션 제작 중에 미스가 눈에 띄었다.

"혹시 또 그랜드 록의 퀘스트에 갈 마음이 있거든 나도 불러. 이번에는 윤의 부담을 줄이기 위해 퀘스트 공략을 잘 생각한 뒤에 가서 최단 코스로 클리어해주지."

"……고마워, 타쿠."

조금 기력이 돌아온 듯하여 타쿠에게 그렇게 말했다.

"에잇! 이야기의 중심이 뭘 그리 느긋하게 떠들고 있어!"

"우왓?! 뮤우, 등에 매달리지 마. 나 참…….'

나는 등에 달라붙듯이 안긴 뮤우를 떼어놓았다.

"그럼 대충 결정된 모양이네! 얼른 [팔백만]의 홈으로 놀러 가자!"

"그래, 가자. 가게에 틀어박히는 거랑 다른 즐거운 일로 기분 전환하자."

"좋아, 가자!"

출구를 가리키는 뮤우는 쇠뿔도 단김에 빼라는 듯이 내 팔을 끌며 나를 [아트리엘]에서 데리고 나가려고 했다.

도중에 가게 문 옆에서 공방 안에 있는 나를 걱정스럽게 바라보던 파트너 동물인 유니콘(일각수) 뤼이와 검은 여우 자쿠로를 평소처럼 부드럽게 쓰다듬어서 안심시켰다.

"미안, 당장은 기운이 돌아올 것 같지 않지만 아마 괜찮아."

내가 그렇게 말하자, 두 마리 모두 목덜미를 비비듯이 달라붙었다.

마지막으로 타쿠가──

"[팔백만]은 OSO 최대의 길드야. 배울 것도 많겠지. 잘 놀다 와!"

"응, 알았어."

나는 그렇게만 대답하고 뮤우와 세이 누나를 따라서 [아트리엘]을 나섰다.

우리는 제1마을의 남북으로 뻗은 대로를 통해 북동 에어리어로 들어갔다.

여기는 많은 건물이 늘어선 구역으로, 주로 플레이어들의 길드홈용 건물이 매물로 나와 있었다.

[아트리엘]처럼 토지를 사들여서 기초부터 짓는 것보다도 싸게 구할 수 있고, 또 좁아지면 그대로 확장할 수도, 그 길드홈을 팔고 새로운 길드홈을 구입할 수도 있다.

[팔백만]이 있는 곳은 마을의 남쪽에 위치한 [아트리엘]과는 정반대에 위치한 장소라서 길을 잘 몰랐지만, 근처에서 제일 눈에 띄는 건물 앞에 우리는 섰다.

"윤, 다 왔어."

길드가 모이기 쉬운 장소의 노른자위 땅에 그것은 있었다.

하얀 벽에 붉게 칠한 지붕을 가진 서양식 저택이었다.

하지만 단순한 건물이 아니라 그 옆에는 증설된 듯한 일본식 건물인 기와지붕의 목조 저택이 있고, 정면에서 볼 때 오른편에는 자갈이 깔린 정원이 펼쳐져 있었다.

반대쪽인 왼편에는 아무것도 없는 맨흙바닥의 지면이 있었는데, 거기는 플레이어들이 PVP 등으로 훈련하는 장소였다.

세이 누나가 문 앞에 서자 자동으로 문이 열려서 우리는 안에 들어갔다.

"길드 [팔백만]의 홈에 잘 왔어. 여러모로 개조를 거듭했지만 놀다 가."

그렇게 말하며 외부인인 나와 뮤우를 데리고 저택 정면에서 안으로 들어가는 세이 누나.

뒤를 따라간 우리는 압도되어버려서 입을 쩍 벌리고 천장을 올려다보았다.

안에 들어가니 탁 트인 홀에 테이블이나 소파 등이 여럿 놓였고, 좌우의 벽을 따라서는 카운터가 준비되어서 몇몇 파티가 이야기를 나누는 참이었다.

"우와아……."

"대단하네. 언니! 길드는 이런 거구나!"

"후후후, 길드 시설은 외견 이상으로 확장했으니까 깜짝 놀랐지? 뮤우도 같이 파티를 맺고 있는 애들이랑 같이 시음회에 참가할래?"

"정말?! 아, 하지만 오늘은 루카네가 예정이 있어서 참가 못 해."

"그렇다면 다음에 또 놀러 와도 좋아."

나는 감탄사밖에 나오지 않았다. 곁에서 본 것보다도 공간이 확장된 저택 내부는 그 방이 몇 개인지 파악하기 힘들 정도였다.

"너무 넓어서 불안할 정도야."

"금방 익숙해져. 길드 멤버나 초대객이 모이면 이것도 좁아."

뒤에서 들려온 목소리에 돌아보니 와인레드색 머리칼의 여성이 서 있었다.

"여어, 아가씨. 겨우 길드에 가입할 마음이 생겼어?"

"가입하러 온 거 아니고 시음회에 참가하러 온 거야. 뭐, 술은 못 마시지만 기대하고 있어. 그리고 아가씨라고 하지 마."

시선 앞에 있는 길드마스터 미카즈치를 향해 반사적으로 대꾸하였다.

"나로서는 아가씨가 길드에 놀러온 것만으로도 한 걸음 전진한 거지."

"그게 길드 권유야?"

나로서는 미카즈치가 항상 길드 권유하는 것을 인사나 농담 같은 거라고 생각했는데, 본인은 진심인 모양이었다.

내 어디가 좋은 걸까. 센스 구성은 쓰레기 센스 같은 걸 모아서 완전히 밸런스 무시고, 특별히 내세울 만한 점도 없다.

뮤우라면 이해가 되지만 나를 길드로 권유하는 의미를 모르겠다.

"뭐, 길드에 들어올지는 찬찬히 생각해. 그럼 어디――"

정면에서 다시금 우리를 향해 선 미카즈치가 점잖은 어조로 나와 뮤우에게 말하였다.

"――길드 [팔백만]의 홈에 잘 왔어. 뭐, 기분 전환한다고 생각하고 자유롭게 있다가."

미카즈치의 말을 계기로 우리를 멀찍이서 지켜보던 다른 길드 멤버들도 차례로 우리의 방문을 환영해주었다.

다소 창피하지만 그렇게 싫지는 않아서 다소 멋쩍게 느껴졌다.

OSO 최대 길드 내부에는 재미있는 게 제법 많을 것 같아서 기대된다.

1장 　　[팔백만]과 시음회

　기대된다……라고 말한 과거의 나를 전력으로 패주고 싶어졌다.

　"자! 시음회 준비!"

　"""YAAAAAA——"""

　과일주 시음회라고 들었기 때문에 와인병에서 잔에 따라서 우아하게 마시는 입식 파티라도 시작되나 싶었는데, 시음회장에 준비된 것은 통이었다.

　차례로 모여드는 [팔백만] 길드 멤버나 [요리] 센스 소유자들이 시작한 소규모의 자리가 점점 커지더니 이미 '연회'의 양상을 띠었다.

　도망치려야 도망칠 수 없는 나는 뮤우와 함께 [한산포도]를 짜서 만든 포도 주스를 한 손에 들고 앉아서 주위를 둘러보았다.

　다른 성인 플레이어는 그걸 양조한 레드와인을 물처럼 마셔댔다.

　뮤우는 분위기와 기세로 거기에 참가해서 노래하고 춤추어댔고, 세이 누나는 빠른 페이스로 술을 마시기 시작한 미카즈치의 스토퍼로 옆에 붙어 있었다.

　"나는 뭘 하면 되지?"

　혼자서 하릴없이 앉아 있는 내 좌우에는 불안을 누그러뜨리기 위해서 불러낸 뤼이와 자쿠로가 바싹 몸을 붙이고 있었다.

만지면 안 되는 뤼이와 자쿠로가 좌우에 붙어 있기 때문에 아무도 쉽사리 내게 다가오지 않아 혼자 고립되어서 괜히 눈에 띄는 나.

"어쩐다…… 왠지 불편한데."

"잠깐 괜찮을까?"

"히익──?! 뭐, 뭐야?!"

설마 말을 걸어올 줄은 몰랐기에, 누가 뒤에서 어깨에 손을 올리는 바람에 이상한 비명을 질렀다. 그와 동시에 주위에서 괜히 주목을 모았지만 신경 쓰지 않고 돌아보자 한 소년이 나와 시선을 맞추고 있었다.

말을 걸어온 플레이어는 갈색과 흰색의 낙낙한 일본풍 옷을 입은 소년이었다. 졸린 듯이 게슴츠레한 눈으로 나를 똑바로 바라보았다.

"연회까지는 아직 시간이 있고 지루해 보이니까 간단히 길드를 안내할게."

"연회라고 했지? 음, 괜찮아?"

내 질문에 소년은 길드마스터에게서 허가를 받았다면서 고개를 끄덕였고, 내가 슬쩍 세이 누나에게 시선을 주자 다녀오라면서 보내주었다.

"그럼 부탁해도 될까?"

"응, 그럼 갈까."

그렇게 말하는 졸린 눈매의 소년. 그의 안내에 따라 길드의 홀을 나가서 1층부터 돌게 되었다.

"이 길드홈은 위로 2층, 지하가 1층인 건물과 증설한 별채로 이루어져 있어. 1층에는 전투직 플레이어용으로 회의실이나 파티용 개인실 같은 게 있고, NPC에게 사소한 일을 부탁하기 위해 필요한 방 같은 게 준비되어 있어."

"흐음, 길드 관리만 해도 힘들겠네."

"응, 매달 상당한 액수의 유지비가 나가니까 길드 멤버에게서 징수하고 있어."

"그것도 힘들지 않아?"

길드 상황에 대해서는 잘 모르지만, [아트리엘]도 NPC 쿄코를 고용하느라 매달 몇 만 G가 든다. 언뜻 보기론 여기에는 열 명 이상의 NPC가 있는 모양이니까 그 열 배다.

"나는 힘들다곤 생각 안 해. 길드 유지비를 일부 사람만 부담하면 그 이외의 사람들은 길드에 애착이 안 생기잖아? 게다가 사람이 많으니까 매달 유지비 분담은 그렇게 크지 않아."

"그렇구나……."

"게다가 유지비를 버는 방법을 모르는 플레이어는 길드 멤버들끼리 서로 도우면서 방법을 모색해. 전투직이면 레벨업이나 사냥을 거들고, 생산직이면 돈이 있는 전투직에게 아이템을 팔아. 물론 길드 가격으로 나름 싸게 만들지만."

그 말을 들으니 최소한의 의무가 있고 그걸 다하면서 다들 자유롭게 활동한다고 납득했다.

앞서 가는 소년이 2층으로 가는 계단을 올라가서 어느 방의 문 앞에 섰다.

"여기가 길드의 생산직 종합설비가 있는 생산직의 방. 우리 길드 소속의 생산직이 모이는 곳. 연회 같은 걸 안 좋아하는 사람은 여기에 모이니까."

권유하는 대로 안으로 들어가자, 다종다양한 생산설비가 설치되어 있는 잡다한 방이었다.

공유공간이기 때문에 이동 불가능한 생산설비는 돌려 사용하였다. 또 안쪽에는 제대로 개인실까지 준비되어 있는 모양이었다.

거기에 모인 플레이어들은 각자 생산설비 앞에서 작업을 하고, 때로는 다른 분야의 생산직과 모여서 담소를 나누고 있었다.

"여어, 늦었는데 무슨 일 있었어? 게다가 오토나시 뒤에 있는 건 누구야?"

나른한 눈의 소년인 오토나시에게 말하는 장신에 가무잡잡한 피부의 너글너글할 듯한 청년. 상반신 노출 위에 재킷을 걸쳤고 많은 액세서리를 하고 있었다.

"아래층 연회에서 도망치는 김에 참가인 안내. 금방 나갈게."

"그래. 나는 랭글리야. 잘 부탁해."

"윤이야. 잘 부탁, 이라고 하면 될까?"

나는 붙임성 좋은 미소를 띤 랭글리와 가볍게 인사했다.

"그래서 생산 분야는 뭐지?"

"어어——"

나는 내 센스 스테이터스를 확인했다.

소지 SP 35

[활 Lv46] [장궁 Lv20] [하늘의 눈 Lv12] [준족 Lv10]

[간파 Lv20] [마도 Lv11] [부가술 Lv36] [지 속성 재능 Lv27]

[조약 Lv42] [요리인 Lv11]

대기

[연금 Lv40] [합성 Lv41] [생산의 소양 Lv42] [조교 Lv14]

[조금 Lv23] [수영 Lv13] [언어학 Lv24] [등산 Lv21]

"[조약]에 [조금], [연금], [합성], 또 [요리인]을."

"진짜야? 다섯 개나 딴 괴짜라니…… [보모] 윤인가?!"

그 별명에 퉁명스러운 표정을 지었다. 내가 별로 안 좋아하는 눈치라는 걸 알고 눈앞의 청년이 허둥거렸다.

"미안, 미안, 다른 뜻은 없었어. 그래, 나와 같은 조금사였나. 그럼 마이너한 액세서리 제작법을 가르쳐주는 걸로 봐줘."

쓴웃음을 지으며 사과하는 랭글리. 겉모습은 화려하지만

나쁜 사람은 아닌 듯했다. 게다가 마이너한 액세서리 제작법에는 흥미가 있었다.

"조금 관심이 있어."

기분 전환을 위해 [팔백만]에 왔는데, 이걸 기회로 [조금]에 조금 힘을 기울이는 것도 좋을지 모르겠다.

"만들던 액세서리를 몇 개 가져오지."

그렇게 말하며 랭글리가 작업 공간에서 작은 파츠 같은 것을 가져왔다.

언뜻 봐선 무슨 소재로 만든 건지 모르겠지만, 크고 작은 여러 파츠는 모두 동일한 소재로 만들어진 듯하였다.

"이건 뭐로 만든 거야? 가볍고 단단한데. 그리고 살짝 온기가 있어."

"그건 고블린 계열 몬스터의 뿔을 깎아서 만든 액세서리야. 본 액세서리라고 해서 보석이나 금속과 다른 종류의 액세서리지."

그렇게 말하며 랭글리는 [조금] 센스의 생산 키트 안에서 조각칼, 송곳, 줄칼을 꺼냈다.

"도구는 기본적으로 이걸 써. 조각칼로 대략 깎아내고 줄칼로 다듬지. 마지막으로 실을 꿰기 위한 구멍을 내기 위해 송곳을 써. 반지처럼 하나 완성할 때까지 계속 달라붙는 것과 달리 파츠별로 조립하는 거니까 남는 시간에 조금씩 만들 수 있어."

그렇게 말하며 랭글리는 크고 작은 고블린의 뿔들을 좌우

대칭이 되도록 실에 꿰었다.

"뭐, 생긴 건 별로지만, 이건 이거대로 멋이 있거든."

"그래. 보석이나 금속처럼 차가운 느낌이 아니라 왠지 온기가 느껴져."

게다가 왠지 모르게 어느 부족이 사용했을 만한 오리엔탈 분위기도 있어서 액세서리의 깊이가 느껴졌다.

"알아보는군! 뿔이나 이빨, 뼈 외에도 단단한 목재를 깎아서 우드링을 만들거나 하는 여러 응용이 가능하니까."

"흐음, 왠지 재미있겠어. 비즈 액세서리 같은 것도 되겠는데?"

"그거 좋은데! 그 아이디어, 받아가지! 그렇다면 어떤 소재를 쓸 수 있는지 조사할 필요가 있겠어……. 소재 샘플을 모을 필요도 있겠고."

본 액세서리 제작을 배우던 거였을 텐데 어느 틈에 생산직들의 생산 담화로 발전하였다.

"그럼 얼른 해볼까? 아니, 소재가 없나……."

수중의 소재는 랭글리가 준비한 것이고, 나도 [아트리엘]의 아이템 박스에 안 쓰는 소재를 죄다 넣어두었다.

소재가 없으면 아이템을 만들 수 없다.

생산직의 결점을 다시금 떠올리며 다소 아쉬운 마음을 품었지만, 조용히 옆에 서 있던 오토나시가 나와 랭글리의 소매를 잡아당겼다.

"지하에 가면 소재는 있어."

"지하라면 지하실인가……. 뭐, 분명히 거기에 있기야 있지만……."

말을 흐리는 랭글리. 이야기에 끼어들지 못하는 나는 고개를 갸웃거릴 뿐이었다.

"저기, 그 지하실이란 곳에 소재가 있어?"

"어어, 뭐, 있기야 있어. 거기는 NPC에게 팔아도 별로 돈이 안 되는 아이템을 다들 보관하니까 점점 쓸데없는 아이템 창고 같은 게 되었지. 그러니까 길드 전체의 쓰레기장 같은 느낌이야."

랭글리 같은 생산직도 부족한 소재는 길드 멤버에게 부탁해서 모아들이기 때문에 거의 이용하지 않는 장소라는 듯했다.

정리되지 않고 비치된 아이템들 중에서 때때로 쓸 만한 것을 발굴하는 괴짜 외에는 별로 사람이 드나들지 않는다고 했다.

"윤은 외부인이지만, 허가를 받으면 괜찮을 거야. 내가 받아올게."

"뭐, 본 액세서리나 목제 세공을 만들 수 있을 만한 소재는 있겠지. 부탁해."

그리고 오토나시가 지하실에서 소재를 가져오기 위해 방을 나가더니 잠시 뒤에 돌아왔다.

"이거면 이것저것 쓸 만해. 고블린의 뿔 외에도 리자드맨의 비늘에 하운드 계열의 이빨과 발톱도 숫자가 제법 돼."

"오오, 소재가 많다."

오토나시가 가져온 소재를 바라보기만 해도 즐거웠지만, 나는 본 액세서리 제작을 얼른 배우고 싶기도 했다.

내가 소재 하나를 손에 들려다가 랭글리에게 제지당했다.

"잠깐 기다려. 금속과 비교해서 부드러우니까. 처음부터 본 액세서리에 손을 대는 건 그만두고, 일단 이것부터 시작해."

그렇게 말하면서 그가 소재 중에서 꺼낸 것은 별다를 것 없는 목재였다.

그걸 한 변이 5센티미터의 육면체로 자른 것을 내 손바닥에 올렸다.

"일단 우드링부터 시작해봐. 싸니까 망가져도 소재를 구하기 쉽지. 이거에 익숙해지면 본 액세서리를 만들 때 실패하는 일이 많이 줄어들 거야."

"그래, 알았어."

랭글리의 조언을 듣고 우드링 제작부터 시작했다.

조각칼을 손에 들고 목재를 바라보니 주괴를 때리며 모양을 잡던 것과는 또 다른 순서가 머릿속에 떠올랐다.

이것은 [조금] 센스의 어시스트 효과이기 때문에 주괴로 반지를 만들 때만큼 크게 도움이 되는 게 아니라 막연하게 우드링의 설계도만이 머릿속에 존재했다.

어디를 얼마큼 깎을 필요가 있는지 머릿속의 이미지와 손에 있는 실물과의 차이를 감각적으로 알 뿐이었다.

일단 조각칼로 조심조심 내부를 파려고 했지만, 단단해서 쉽게 안 깎였다.

"조금 힘들지도."

"힘 조절에 익숙해지면 간단해."

그렇게 말하며 웃는 랭클리에게 말없이 끄덕여주고 묵묵히 깎아갔다.

"——?! 또 너무 깎았네."

"어깨에 힘이 너무 들어갔어. 차와 과자를 조금 받아올게."

나를 지켜보던 오토나시가 [요리] 계열 생산직이 만들어준 과자와 차를 가져와서 잠시 쉬었다.

"여기, 차."

"고마워. 하아, 어렵네."

내 수중에는 너무 깎아서 실패한 목재가 잔뜩 굴러다녔다.

처음에는 5센티미터짜리 육면체를 깎는데 고생하며 실패했지만, 몇 번 거듭하는 도중에 금속과 다른 소재의 특징을 파악하였다.

목재의 부드러움이나 나이테의 폭, 마디의 딱딱함 등, 만지면서 얻은 정보를 토대로 힘 조절을 바꾸지 않으면 지나치게 깎게 된다.

지금도 바깥쪽을 다듬으려다가 너무 깎아서 금이 갔다. 하지만 아직 수정 가능한 범위이기 때문에 금이 간 부분을 크게 떼어내고 C자형의 반지로 방향을 바꾸었다.

차를 마시면서 조금씩 모양을 가다듬고, 마지막으로 줄칼로 표면을 갈아서 다듬고 니스를 칠해서 완성했다.

우드링 [장비품] (중량 : 1)

DEF +1

어린애 장난감 같지만, 이 온기가 좋은 걸지도 모르겠다.

"……어렵긴 한데 재미있네."

"그렇게 말하는 걸 보면 상성이 좋겠군. 이런 작업이 느긋하게 계속되니까 싫어하는 사람이 많아."

나는 여태까지 내 우드링 작업에 너무 열중해서 랭글리의 모습을 보지 않았는데, 내가 만드는 동안에도 랭글리는 본액세서리 파츠를 여러 개 만들었다.

또 그는 우드링도 만들었는데, 그건 최대한 가늘게 깎고 표면에는 정교한 무늬를 새겨서 내가 만든 것과의 차이가 확연했다.

솔직히 경험의 차가 느껴졌다.

"윤도 해보고 알았겠지만, 목재는 금속 덩어리와 달리 독특한 느낌이 있잖아?"

"조각칼로 깎는 도중에 튕기더라고. 거기를 힘으로 억지로 깎으려다간 간단히 부러지고."

"그래. 목재는 너무 부드럽지도 않고 너무 단단하지도 않아. 그게 맛이야. 그러니까 여러 소재로 적응하기에는 딱 좋지. 뭐, 나는 입문용이라고 생각하지만, 난이도는 고블린의 뿔이나 몬스터의 이빨과 비교하면 단연 높아."

그렇게 말하며 아무렇지도 않은 듯이 웃었지만, 나는 여태까지 망가뜨린 목재와 톱밥을 보고 스파르타 교육이었구나 싶어서 표정을 찌푸렸다.

"그런 얼굴 하지 마. 다음에는 스텝 2이자 라스트. 실제로 만들어보는 거야."

그리고 오토나시가 준비해온 소재를 사용하라는 지시를 받았다.

다음은 내 센스와 감성만을 믿는 작업인 것이다.

●

랭글리는 비즈 액세서리 제작으로 돌아가고, 오토나시도 보고 있기만 하는 게 아니라 뭔가 소재를 꺼내어 음미하였다.

한편 나는 처음으로 본 액세서리를 만들게 되었다.

"일단 어떤 디자인으로 만들까?"

우선 고블린의 뿔과 삼베끈, 그리고 조약돌을 손에 들었다.

"처음에는 간단한 것부터 만들까."

나는 절단용 도구로 고블린의 뿔 세 개를 같은 간격으로 둥글게 잘랐다. 둥글게 자른 뿔을 사이즈별로 나누어서 조약돌과 함께 하나씩 줄칼로 포면이나 절단면을 다듬었다.

절단면에 윤기가 나기 시작하면, 윤곽을 잡아서 매끄러운 타원형의 판 모양으로 만들었다.

그렇게 뿔의 사이즈별로 크기가 다른 둥글고 매끄러운 부품이 총 스무 개 나왔다. 그 하나하나에 송곳으로 구멍을 하나씩 뚫고 끈을 꿰었다.

제일 큰 타원형 파츠를 중심으로 바깥쪽에는 작은 파츠를 배치하고, 뿔 사이사이에 다듬은 조약돌을 배치한 뒤 마지막으로 끝을 단단히 묶고 여분의 끈을 잘랐다.

아주 흔한 디자인으로, 목걸이치고는 컸다. 하지만 손목에 이중으로 감으면 딱 좋을지 모르겠다 싶어서 시험 삼아서 해보았다.

완성된 아이템의 스테이터스는──

도깨비의 팔찌 [장비품] (중량 : 2)

ATK +1   DEF +2

추가효과 : [고블린 계열 보너스(극소)]

성능은 대단치 않고 조금 무겁다. 소재에 조약돌을 썼기 때문에 무거워진 걸지도 모르겠다. 아직 개량의 여지가 있겠지.

처음으로 만든 본 액세서리를 슬쩍 벗고 랭글리 쪽을 보았다.

랭글리는 뭔가 반짝반짝 빛을 난반사하는 모래를 화로에 넣어서 흐물흐물하게 녹이고 있었다.

그게 식어서 굳기 시작하자 투명한 막대 모양의 소재로

변했다. 랭글리는 그걸 다시금 가열하여 작은 알로 나누더니, 그것과 같은 것을 계속 만들었다.

랭글리와는 다른 화로에서는 오토나시가 주괴에서 금속 알로 나누더니, 같은 사이즈의 것을 계속 만들고 있었다.

금, 은, 동, 그런 주괴에서 비즈가 되는 금속 알을 만드는 것 외에도 펜던트 톱 같은 메인 파츠도 자작하였다.

나도 다음 본 액세서리를 만드는 것도 좋겠지만, 비즈 액세서리 쪽에도 흥미가 있었다.

"하지만 방해해도 안 되겠지."

그렇게 작게 중얼거린 내 눈에 비친 것은 오토나시가 가져온 소재 중에 있던 아주 작은 보석의 원석이었다.

아마 너무 작아서 액세서리에 올릴 수 없었겠지만, 나는 그걸 연마해보기로 했다.

"뭐, 평소 익숙한 일이니깐 괜찮으려나?"

극소 사이즈의 보석을 비즈용으로 만들기 위해 묵묵히 연마하였다. 역시나 OSO의 최대 길드인 만큼 극소 사이즈의 보석 원석이라도 종류는 풍부했다.

페리도트, 라피스라줄리, 비취, 크리스털, 아메지스트, 아쿠아마린, 타이거아이, 루비 등……

연마한 보석을 종류별로 모아놓기만 해도 아름다웠다.

"어디……. 테스트용 비즈는 이 정도면 되겠지. 어라, 윤, 뭐 하는 거야?"

"본 액세서리 제작이 끝났는데, 비즈 액세서리에도 흥미가 있으니까 그 소재를 위해 보석을 연마하고 있었어."

그렇게 말하며 내가 또 새롭게 극소 사이즈의 보석을 연마하여 종류별로 나눠놨을 때, 오토나시도 랭글리와 함께 기막히다는 듯이 날 바라보았다.

"이거, 지하실에서 적당히 가져온 보석 원석이잖아. 너무 작아서 깨지기 쉬운 원석을 이만큼 연마하려면 고생이잖아."

"알이 작으니까 비즈에는 딱 좋겠고 숫자도 골고루 있잖아. 응, 유리에 메탈릭, 보석, 이렇게 세 종류를 만들어볼까."

정리한 보석을 보고 랭글리는 흥미를 보였지만, 본 액세서리에 쓴 굵은 실을 꺼내도 유리나 작은 금속 비즈나 보석의 구멍에는 실이 들어가지 않았다.

"랭글리. 그거로는 안 돼. 쓸 거면 야잠사나 와이어처럼 더 가는 소재로 해야지. 재봉사 중에 쓸 만한 소재나 도구 가진 사람 없어?"

우리가 시험하는 걸 멀찍이서 지켜보던 생산직 길드 멤버가 몇몇 도구나 소재를 빌려주었다.

비즈에 실을 꿰려면 재봉용 바늘을 사용하면 간단할 듯하지만, 보통 실로는 강도가 부족해서 끊어질 가능성이 있다.

오토나시와 랭글리는 비즈 액세서리에 꿴 실의 소재를 놓고 고민했지만, 나는 쓸 만한 소재를 하나 떠올렸다.

"개인실을 좀 빌리고 싶은데. 그리고 써보고 싶은 소재가 있으니까 지하실에서 가져와도 될까?"

내 요망에 의아한 눈치로 고개를 갸웃거리는 오토나시와

내가 사용하려는 소재에 대해 추궁하는 랭글리.

"아무리 그래도 뭘 하려는 건지도 듣지 않고 소재와 장소를 제공할 순 없어."

"그건……."

분명히 랭글리의 지적이 옳다.

어쩌면 필요한 소재라고 속이고 아이템을 훔칠 가능성도 있다. 개인실을 쓴다면 더욱 수상하다.

그런 경계를 하는 필요도 알겠다. 하지만 내게는 소재와 제작법을 말할 수 없는 이유가 있다. 그런 생각에 나는 입을 다물었다.

"랭글리. 너무 겁줬잖아. 입을 다물었어."

"아니, 의심하는 건 아닌데. 뭐, 일단 그런 쪽으론 조심하는 게 보통이잖아."

오토나시가 옆구리를 찌르자 그렇게 대답하는 랭글리. 나는 대답할 수 있는 범위에서 대답했다.

"내가 만들고 싶은 건 [금속실]이야. 그리고 제작법은, 저기, 비밀."

에밀리와의 공동으로 제작한 [금속실]의 합성 레시피는 아직 비밀이다.

"아, 그거 말이지. 재봉 쪽 소재라고 들었는데, 강도는 되니까 비즈 액세서리에 적합할지도. 게다가 판매처가 한정된 아이템이니까 레시피는 비밀로 하는 것도 알겠군……. 알았어. 일단 미카즈치 씨에게 허가 받아올게."

"정말?! 고마워!"

나는 솔직하게 감사를 표했다.

그리고 1층에서 시음회를 준비하던 미카즈치에게 이야기
했더니——

"재미있을 것 같으니 허가하지! 그리고 끝나거든 이리 와!"

"허가하는 이유가 가벼워!"

그래도 되냐, 길드마스터! 속으로 그렇게 한마디 했다.

나는 안내받은 지하실에서 내가 노리던 아이템인 [철광
석]과 [은광석], 그리고 [매지컬 실크의 조각]을 가져왔다.
포션 제작에도 쓰는 [생명의 물]은 내 인벤토리에 있던 것
을 쓰기로 했다.

그리고 개인실을 빌려서 그 소재들을 [합성]과 [연금] 센
스를 구사하여 바꾸었다.

"자, 시작할까. 일단은——〈연금〉!"

밑준비로 [매지컬 실크의 조각]을 연금의 상위 변환으로
직물로 바꾸었다. 그리고 하위 변환을 경유하여 이번에는
실뭉치로 바꾸었다.

"마지막으로——〈합성〉!"

그리고 광석 아이템, [매지컬 실크의 실뭉치], [생명의 물]
의 삼종 합성을 실행했다.

"——다 됐다. [강철 금속실]과 [은 금속실]."

그리고 철의 강도와 섬유의 부드러움을 가진 금속실을 여
러 개 만들어서 방에서 나온 뒤 그걸 랭글리와 오토나시에

43

게 건넸다.

"이게 금속실인가. 분명히 강도면에서는 충분하겠네."

"숫자가 제법 되네."

금속실을 재봉용 바늘에 꿰어서 비즈를 하나씩 꿰었다.

"오옷?! 편한데. 얼른 간단한 비즈로 만들어볼까."

랭글리의 제안으로 각자 빌린 바늘과 금속실을 손에 들고 마음에 드는 비즈 앞에 앉았다.

랭글리는 자기가 만든 무색투명한 유리구슬을, 오토나시는 연마한 보석 비즈. 그리고 나는 금속 비즈로 만들기 시작했다.

"재미있겠네. 금속실하고 비즈 좀 받아가도 될까?"

"소재는 길드 지하실에 있던 거고, 바늘을 빌렸으니까 써도 돼."

내게 도구를 빌려주었던 재봉 계열 생산직도 비즈를 둘러싸고 차근차근 작업을 시작했다.

나는 은 비즈와 은 금속실로 심플한 은 액세서리를 완성했다.

은의 비즈 팔찌 [장식품]

DEF +4   MIND +7

본 액세서리와 마찬가지로 처음에는 이런 느낌이면 되겠지.

오토나시나 랭글리의 비즈 액세서리도 멋지게 완성되었다.

"오오, 이런 걸로 센스가 드러나네!"

"그런가?"

"이건 오토나시에게 어울려."

오토나시가 고른 건 조그만 비취였다.

비취 몇 알을 금속실에 꿰고, 큰 사이즈의 비취 원석을 곡옥 형태로 다듬어서 악센트를 주도록 만들었다.

랭글리 쪽은 투명한 유리구슬로는 만족할 수 없었는지, 투명한 유리구슬 팔찌에 〈컬러링〉 스킬을 사용하여 여러 배색을 시험하였다.

"조금 실패했을지도."

"어디가? 제법 괜찮다고 생각하는데."

"나도 그렇게 꾸미는 건 괜찮다고 봐."

나와 오토나시가 랭글리의 손 안을 들여다보자, 떫은 표정을 하는 랭글리.

"최근 입수한 [모래결정]이란 아이템을 베이스로 만들어봤는데, 투명하면 디자인의 폭이 좁아져. 그렇다고 〈컬러링〉으로 색을 내면 싸구려 플라스틱 비즈 같아지지. 괜찮은 게 나올까 했는데 어렵군."

그래도 연구해서 비즈나 금속 파츠를 개별적으로 만들어 초커를 완성했다.

우리의 시작품이 만들어지는 한편, 재봉사 쪽도 뭔가 작품이 나왔는지 환호성을 올렸다.

"좋아! 나왔다!"

그 목소리에 돌아보자, 반짝이는 남색 드레스를 입은 마네킹 앞에서 그가 만세를 부르고 있었다.

드레스 자락의 레이스는 눈에 띄지 않는 은 금속실로 은 비즈를 연결하고 레이스도 사용하여 입체적으로 만들어졌다.

천에는 색색의 보석을 박아놓았다.

그리고 가슴께에 한층 큰 토파즈 목걸이를 걸자 어떤 광경이 보였다.

"……밤하늘?"

"바로 그거야! 남색 드레스를 밤하늘로 보고 레이스로 강을 표현하고! 거기에 박은 보석들은 밤하늘에 반짝이는 별들을 표현한다. 강과 별들의 밀키웨이! 그리고 가슴에서 반짝이는 특대급 토파즈가 달을 표현하여 완성!"

밀키웨이. 즉 은하수다.

제작자인 재봉사가 아주 신이 났기에 나와 오토나시는 다소 움츠러든 상태. 랭글리는 기막히다는 눈치였다.

"그렇게 해서 새로운 생산 아이템과 장식 기술을 넓히기 위해 모델을 찾으러 가자!"

"다녀와."

"다녀와. 우리는 여기서 조용히 차 마실 거니까."

"나도 아래로 내려갈 마음은…….."

랭글리, 오토나시, 이어서 나도 거절하려는 때, 문이 힘차

게 열렸다.

"언니! 슬슬 견학 끝나지 않았어? 아래쪽 준비가 끝났으니까 가자!"

"……뮤우."

나는 두통을 참듯이 관자놀이를 손가락으로 가볍게 눌렀다.

조금 조용히 들어올 순 없는 거냐. 그렇게 생각했지만 뮤우는 성큼성큼 우리 앞까지 와서 내 손을 잡았다.

"언니, 가자."

"하아. 나 참……. 어쩔 수 없군."

뮤우가 고개를 갸웃거리며 올려다보면 오빠로서 거절할 수 없다.

게다가 뮤우의 살짝 붉은 얼굴을 보니 술은 안 마셨어도 그 자리의 분위기에 취한 모양이라서 아무래도 혼자 놔두기엔 걱정되었다.

내가 떨떠름하니 승낙하자, 뮤우는 만족한 듯이 풀어진 미소를 지어주었다. 그런 뮤우가 고개를 기울였을 때 우리 뒤에 준비된 드레스를 보았다.

"어라? 멋진 드레스네? 반짝거려."

"지금 막 완성된 드레스인데, 모델이 되어볼래?"

재봉사가 슬쩍 끼어들었다.

"그래도 돼? 와아! 공주님이다! 하지만 난 팔라딘이니까 공주기사인가?"

그렇게 말하며 장비를 평소의 은색 갑옷에서 남색 드레스로 바꾸었다. 그 자리의 분위기에 취한 뮤우는 아무래도 좋은 일에 고개를 갸웃거렸지만, 곧 가볍게 흘려버렸다.

그 옷에 맞춘 액세서리도 몇 개 걸친 뮤우에게 이끌려서 나는 1층으로 내려갔다.

●

홀의 계단을 드레스 차림으로 경쾌하게 내려가는 뮤우. 거기에 맞춰서 홀의 소음이 순간 잦아들었다.

많은 시음회 참가자의 시선이 계단을 내려오는 뮤우에게 모이고, 그 시선들을 받으면서 뮤우는 가슴을 펴고 걸었다.

반대로 나는 창피해서 후드를 깊게 눌러써서 조금이라도 모두의 시선을 피하려고 했다.

"세이 언니! 윤 언니를 데려왔어! 그리고! 드레스 받아왔어!"

"어머, 멋진 드레스네. 뮤우, 완전히 어른스러워졌어."

세이 언니 앞까지 이동한 뮤우는 기쁜 듯이 웃음을 지었다.

주위를 둘러보면 이미 즐겁게 먹고 마시는 그룹이 눈에 들어오고, 방금 전까지 조용한 공방에 있던 나는 홀의 광채가 눈부시게 느껴져서 눈을 가늘게 떴다.

"그럼 뮤우는 더 많은 사람들한테 드레스 보여주고 와. 아가씨는 나랑 세이 옆에."

"예~! 그럼 다녀올게!"

"아가씨라고 하지 마. 나 참…… 알았어."

어른스러워진 것은 겉모습뿐이지, 속은 평소의 뮤우와 다름없는 것에 마음을 놓은 나는 세이 누나 근처에 있는 의자에 앉았다.

그리고 눈앞에 놓인 술안주에 눈썹을 찌푸렸다.

"어이, 미카즈치. 이건 뭐야……?"

"뭐긴, 연회 요리지. 나중에 모험을 끝내고 돌아온 파티의 만복도 회복도 겸하고 있어."

그렇게 말하며 미카즈치는 아직 연회가 시작되지도 않았는데 치즈와 살라미, 땅콩, 오징어 같은 것을 주워 먹으면서 잔에 든 술을 찔끔찔끔 마셨다.

시음회를 위해 부른 [요리] 센스를 가진 플레이어는 뭘 했어?

다른 테이블의 요리를 보면 다소 요리 센스 소유자들이 신경 써서 준비한 듯한데, 압도적으로 숫자가 부족했다.

그 이유는 요리 센스 소유자들이 공들여서 훌륭한 요리를 만들기 때문에 시간이 많이 걸리는 탓이었다.

"하아, 진짜……. 식재료랑 안주 좀 가져가도 돼?"

"뭐야? 만들어주게?"

"조금뿐이다……."

나는 근처에 있는 요리 센스 소유자에게 말을 붙여서 재료를 조금 나누어받았다.

그는 캠프 이벤트 때 [요리] 센스를 딴 플레이어로, 서로 구면이었기에 쉽사리 식재료나 예비 안주를 나누어주었다. 어느 정도의 조미료나 도구는 내 인벤토리 안에 항상 들어 있다.

"뭐, 기본부터 만들어볼까."

"술이랑 맞는 요리로 부탁해!"

"미카즈치는 완전 아저씨야."

"아하하하……. 하지만 나도 윤의 요리를 오래간만에 먹을 수 있는 건 기뻐."

먼 대학으로 진학한 세이 누나가 그렇게 말해주니 조금 기쁘지만, 말로는 하지 않고 묵묵히 요리를 하였다.

나눠받은 감자의 껍질을 벗겨 적당한 크기로 자른 뒤에 소시지를 적당하게 썰고 올리브 오일과 당근, 소금, 후추로 맛을 더해서 충분히 익히면――저먼 포테이토가 나온다.

이어서 이번에는 감자를 얇게 썰어 피자 반죽 대신 그릇에 채우고, 위에 토마토소스를 바르고 양파, 피망, 살라미, 그리고 채 썬 치즈를 올려 오븐에 구우면――감자 피자.

그 외에도 훈제 오징어나 오이 샐러드나 감자 샐러드 등을 만들었다.

어느 것이고 단시간에 만들 수 있는 간단 요리로, 여러 사람에게 대접하기 위한 가정요리라고 할 수 있었다.

"오오, 그 재미없는 안주에 화려함이 생겨났다!"

"게다가 맛있어. 맛이 진해서 술이 당기는데!"

먼저 완성된 요리를 나누어서 먹기 시작했다.

"아, 역시 한 집에 [보모] 한 명이 필요해."

"[보모]의 요리 맛있어! 최고!"

내가 만든 요리를 먹은 사람들이 손을 멈추지 않으며 말했다.

"그래, 그래. 또 [보모]라고 하지 마. 하지만 아직도 요리가 부족한데."

나는 만들자마자 사라지는 요리를 보고, OSO식의 편의사양으로 조리기구의 더러움이 시간 경과와 함께 사라지는 걸 고맙게 생각하면서 기름을 쓰는 요리를 만들기 시작했다.

처음에는 물을 더해서 반죽한 밀가루에 치즈를 말아서 튀긴 요리를 만들기 시작했을 때——

"난 닭튀김을 먹고 싶어.", "아, 그럼 난 모둠 튀김.", "야채 튀김 같은 걸 먹고 싶어.", "구이용 오징어가 있으니까 오징어링으로 해줘!", "나는 새우튀김!"

멋대로 떠들기 시작한 연회 참가자들에게 짜증을 내면서 수중에 그걸 만들 재료가 없다고 받아쳤다.

"먹고 싶거든 식재료를 가져와! 생산직도 무에서 유를 만들 수 있는 건 아냐!"

혼신의 반격이라고 생각했다. 하지만 다음 순간, 나는 패배했다고 시인했다.

왜냐면 전원이 식재료를 꺼냈으니까.

"닭튀김용으로 밀버드의 고기를 쓸 수 있어?", "나는 식

51

물 몬스터의 드랍템인 야채.", "새우랑 비슷한 맛의 몬스터 인데 괜찮을까?"

왜 그런 걸 가지고 있는데! 그런 말을 할 뻔했지만, 나는 한숨을 내뱉고 그 식재료들로 요리하기 시작했다.

오르되브르용의 큰 접시도 준비되어서 쉴 틈도 없이 계속 튀김을 만들었다.

그리고 재료가 다 떨어졌을 때 나는 간신히 요리에서 해방되어서 세이 누나 쪽으로 돌아갔다.

"하아~ 힘들다."

"자, 윤. [시유 열매]로 만든 매실 주스야."

"세이 누나, 고마워. ──푸하, 살 것 같다."

소리 내며 마신 주스는 평소보다 맛있게 느껴졌다. 기분 좋은 피로감에 생각 없이 주위를 바라보자 미카즈치가 옆으로 다가왔다.

"좋은 기분 전환 되었어?"

"미카즈치. 뭐, [세공] 센스의 폭이 넓은 걸 실감했어."

"그거 다행이군. 너무 어깨에 힘주고 살지 마. 가끔은 평소에 하는 일과 다른 일을 하면 효율이 오르는 법이야."

"그런 건가?"

나는 컵에 따른 주스를 다시금 입에 대면서 왼쪽 옆구리에 달라붙은 자쿠로와 무릎 위에 머리를 올린 뤼이를 쓰다듬었다.

"길드에선 여러 센스의 레벨업도 돕고 있어. 아가씨는 뭐

따고 싶은 센스 없어?"

"갑자기 그런 소린 해도……."

나는 뭔가 없었나 생각하다가, 하고 싶었는데도 할 수 없었던 게 하나 있었음을 떠올렸다.

"일단 있는데……."

미카즈치와 내 대화를 듣던 세이 누나가 거기서 입을 열었다.

"윤이 길드 주최의 하이퍼 스피드 레벨업을 받게?"

"뭐야, 뭐야?! 언니, 새 센스를 따게? 어떤 센스를 딸 건데!"

"세이 누나랑 뮤우. 뭐, 미카즈치의 권유로 해볼까 생각했을 뿐이야……."

세이 누나는 마침 연회 준비로 자잘한 지시를 끝낸 참이고, 뮤우는 은하수 드레스를 만끽하고 평소 장비로 돌아온 모습으로 이야기에 끼어들었다.

"그래서, 그래서! 이번에는 어떤 센스 딸 거야?"

"어어……. 그러니까──상태이상 내성 계열 센스를 딸까 해."

또 내가 이상한 센스를 딸 것을 기대했는데 그게 아니었기에 뮤우는 실망한 표정을 하였다. 반대로 세이 누나와 미카즈치는 재미있다는 표정으로 이유를 물었다.

"그래서 왜 그게 당기는데?"

"그랜드 록의 체내 던전 공략에서 몬스터가 죽을 때 상태이상을 일으키는 액체를 뿌리고, 내 [조약] 센스로 상태이상이 될 가능성도 있으니까……."

그랜드 록의 퀘스트를 공략하기 위한 것과 나 때문이라고 설명한 뒤에 나는 아직 완전히 기분 전환이 되지 않았다고 생각했다.

"실제로 저번에 포션을 만드는 작업 중에 그만 예정에 없는 소재가 섞여서……."

건조시켰던 각종 독초나 상태이상 효과를 일으키는 몬스터 드랍템 등을 실수로 모두 솥에 떨어뜨렸다.

그 결과, 솥에서 각종 상태이상을 일으키는 독안개가 나왔고 그걸 들이마신 나는 [아트리엘] 공방의 차가운 바닥에 쓰러지게 되었다.

그때 위험을 알아차린 뤼이가 공방 전체를 [정화]의 빛으로 감싸준 덕분에 별일 없었지만, 같은 일이 두 번 없도록 하고 싶다.

"그러니까 보험으로 그런 내성 계열 센스가 필요하겠다 싶어서……."

"뭐라고 할까, 예상을 빗나간다고 할까, 윤답네. 실은 나도 따고 싶은 상태이상 내성이 있어."

"그럼 아가씨랑 같이 취득할까."

쓴웃음을 짓는 세이 누나와 히죽히죽 웃는 미카즈치. 그러는 한편, 뮤우는 이야기에 끼어들지 않고 다소 불만인 기색이었지만 일단 눈을 내리깔고 입을 열었다.

"나도 내성 센스 딸래!"

"뮤우도? 뮤우는 [회복 마법]으로 내성에 대한 수단이 있
잖아? 게다가 내성 계열 액세서리 같은 것도 있고."

"하지만 윤 언니만 재미있는 일을 하는 것 같아서 싫어!"

"아니, 레벨업이 재미있나? 게다가 내성 계열이라면 반복
해서 그걸 맞는 거니까 힘들 텐데."

"크크큭, 좋잖아. 뮤우도 파티 멤버로 끌어넣으면 돼. [팔
백만]식 상태이상 내성 센스 취득 부트 캠프를 보여주지."

내가 고개를 갸웃거리는 한편으로 미카즈치는 재미있게
되었다며 허가를 내주었다.

나는 '괜찮을까?' 하고 걱정했지만, 미카즈치는 괜찮다며
가볍게 어깨를 두드려주었다.

그리고 조금 진정이 되었을 때 미카즈치가 다시금 입을
열었다.

"일단 우리 길드식인데, 필요한 아이템의 조달이나 준비
는 네가 거들어줘야 할 거야."

"그래. 그 정도라면 문제없어."

"그렇게 결정했으면 두 사람에게 이걸 주지."

미카즈치는 나나 뮤우 같은 외부 플레이어에 은색 초대장
을 건네주었다.

"이건 [팔백만]에 드나드는 기한 한정 초대장이야. 그게
있으면 한 달은 자유롭게 [팔백만]에 드나들 수 있어."

"이거 실질적으로 임시 길드 가입증 아냐?"

내가 작게 중얼거리자, 큭큭큭 웃는 미카즈치.

"그걸 깨달은 걸 보니 상태가 괜찮아진 것 같아 다행이군. 자, 이제부터 연회다!"

"미카즈치. 네가 진짜 무슨 아저씨야?"

미성년인 나와 뮤우, 세이 누나도 있는 가운데 술잔을 드는 미카즈치. 일단 미성년 플레이어에게는 주스를 주는 식으로 배려는 했다.

"그럼 시작한다!──건배!"

"""건배!"""

길드 홀에 연회 참가자들의 목소리가 울리고, 먹고 마시는 소란이 시작되었다.

그중에는 연회의 분위기를 타 파티를 짜고 그대로 나가는 사람이나 그들을 대신해서 모험을 마친 플레이어들이 돌아와서 참가하기도 했다.

나는 중간에 다 떨어진 요리를 또 만들고, 뮤우는 노래하고 춤추며 시끄럽게 즐겼다.

세이 누나는 홀 구석에 앉아서 내가 만든 요리를 먹으며 즐겼고, 미카즈치는 길드 멤버와 교류한 뒤에 세이 누나의 옆으로 돌아와서 술을 즐겼다.

이렇게 시끌시끌한 분위기는 내게 맞지 않지만, 가끔은 나쁘지 않을지도 모르겠다고 생각했다.

그런 가운데 세이 누나와 미카즈치에게 다가온 몇몇 플레이가 있었다. 손에는 종이다발을 든 그들이 손짓 섞어 설명하는 것을 나는 별생각 없이 바라보았다.

세이 누나도 미카즈치도 즐겁게 맞장구를 치고 때때로 대답하는 듯했다. 하지만 연회의 시끄러운 소리에 그 내용까지는 들리지 않았다.

그리고 미카즈치가 내 쪽을 보고 빙그레 웃음을 보냈다.

뭔가 있다 싶어서 깜짝 놀랐지만, 미카즈치는 곧 다시 시선을 되돌리고 종이다발을 든 플레이어들과의 대화를 마쳤다.

종이다발을 든 플레이어들은 대화 내용에 만족했는지 기분 좋게 연회에 참여했다. 세이 누나와 미카즈치도 그 자리에서 다시 먹고 마시기 시작했다.

나는 살짝 호기심이 자극받아서 요리와 마실 것을 들고 슬쩍 세이 누나와 미카즈치에게 다가갔다.

"요리랑 음료 더 필요해?"

"여, 눈치 빠르군. 고마워."

미카즈치의 컵에 새 술을 따르면서 넌지시 방금 전의 일을 물었다.

"아까 누구랑 이야기하던데 무슨 이야기였어?"

"으음, 그게 말이지……."

이런 반응에 나는 조금 내가 주제넘었나 싶어서 후회했다. 이게 길드 관련 내용이라면 나는 완전한 외부인이니까.

그리고 세이 누나와 미카즈치의 대답은——

"……재미있는 일의 준비려나?"

"크크큭, 그래, 재미있고 재미있는 여행 준비지."

OSO 세계에서 여행이라니 드문 말이다. 전이용 오브젝트인 포털을 이용하면 어디든지 날아갈 수 있는 게임 세계에서 여행이라니 무슨 수수께끼일까?

나는 고개를 갸웃거리면서도 두 사람이 한 말의 정확한 내용을 이해할 수 없었다.

2장 　내성 센스와 레벨업

"윤! 이쪽에 간단한 음식과 음료!"

"우리한테는 든든한 음식 부탁해!"

"예이~! 지금 갑니다. ……아니, 내가 뭐 하는 거야."

살짝 한숨을 내쉬면서 검은 바지에 하얀 와이셔츠라는 급사 차림으로 나는 [팔백만]의 길드 홀을 오갔다.

사전에 만들어둔 요리를 아이템 박스에서 꺼내어 각 테이블로 가져갔다.

길드 [팔백만]에서는 상태이상 내성 레벨업이 금방 될 거라고 생각했지만 준비가 필요하다는 말과 함께, 나는 한동안 [팔백만]의 홈에서 자유롭게 지내도 좋다는 허락을 받았다.

하지만 뭘 하고 지내면 좋을지 몰라서 평소처럼 포션 제작이라도 할까 싶었지만, 모처럼의 기회니까 이것저것 보고 다니며 길드 홈에서 시간을 죽이기로 했다.

가끔은 랭글리와 오토나시가 있는 공방에 찾아가서 비즈 액세서리를 연구하거나 지하실에서 필요 없는 아이템을 정리하거나 [요리] 센스 보유자들과 길드 안에서 경식 서비스를 하기도 했다.

"예이, 가벼운 샌드위치와 든든한 데리야키 치킨 정식."

"고마워. 우와! 윤의 요리는 맛있겠는데."

"아쉽지만 오늘 메뉴는 어제 만들고 남은 거야. 내가 만든

게 나오려면 내일은 되어야 해."

내 요리를 노린 길드 멤버는 추욱 어깨를 늘어뜨렸지만,
맛있다고 하면서 요리를 먹어주었다.

내가 이런 급사 흉내를 내는 것은 [아트리엘] 카운터에서
의 즐거움과 같은 것을 즐길 수 있기 때문이다.

"그래서 내가 말했지. ——"이 던전에서 너무 오래 사냥
했으니까 슬슬 돌아가자"라고. 하지만 이 녀석이 "아직 괜
찮아! 아직 더할 수 있어!"라면서 말이지!"

"너도 세게 반대하지 않았잖아. 그 시점에서 공범이야."

"그래서 그 뒤에 에어리어를 배회하던 정예 몹과 조우. 그
것도 두 마리를 동시에 말이지. 그러니까 그 때 나는 죽어
서 마을로 돌아올 걸 각오했어."

"그래서 그 뒤에 어떻게 됐는데?"

급사 차림의 나는 한가할 때에 그 자리의 플레이어에게서
모험담을 들었다.

[아트리엘]에 오는 플레이어에게 듣는 모험담도 가슴 두
근거리지만, [팔백만]은 OSO 최대 규모의 길드인 만큼 플
레이어의 체험담이 아주 많았다. 같은 에어리어라도 나오
는 이야기가 전혀 달랐다.

"——그래서 말이지 나는 이 녀석을 방패로 삼으면서 한
마리를 간신히 해치우고, 나머지 한 마리에게서 도망쳤어."

"그래. 그때 넌 상황이 안 좋은 것치고 HP가 전혀 줄지 않
았으니까. 그게 무슨 검사야. 척후나 닌자 아냐?"

샌드위치를 먹는 검사와 데리야키 치킨을 먹으면서 맞장구를 치는 2인조의 이야기는 제법 재미있었다.

"윤 씨, 세이 씨가 부르니까 이쪽으로 와요."

"아, 예~, 지금 갑니다. 그럼 천천히 있다가."

나는 홀에서 보기 어려운 위치에 준비된 조리설비 쪽으로 달려갔다.

"윤, 수고했어. 좀 어때?"

"뭐, 기분 전환에는 좋을까? 이 옷 어때? 내가 고른 거지만……."

급사용으로 받은 검은 바지와 검은 조끼, 거기에 하얀 와이셔츠에 작은 검정 나비넥타이. 꽤 심플하고 멋져서 마음에 들었다.

그리고 세이 누나의 반응은——

"응, 아주 귀여워. 밤의 레스토랑에서 샴페인이라도 나를 것 같아."

"귀, 귀여워? 멋진 게 아니라?"

"응. 척척 일하는 여자…… 아니, 일하는 사람이란 느낌."

세이 누나. 지금 여자라고 말하려고 했지? 그건 바지를 입어도 내 외모는 역시 여자라는 소리고…….

그 사실을 깨닫고 어깨가 추욱 쳐졌다.

"음? 왜 그래, 윤? 그렇게 고개를 숙이고……."

"아, 아니, 아무것도 아냐. 그보다 왜 날 불렀어?"

"응, 윤의 상태이상 내성 레벨업에 필요한 아이템을 구하러 갈 건데 좀 거들어달라고."

세이 누나가 나를 부른 이유를 묻자 그런 대답이 돌아왔다.

"알았어. 금방 장비 바꿀게."

나는 급사용 옷에서 평소의 장비인 오커 크리에이터로 갈아입고 세이 누나와 함께 길드에 설치된 미니 포털로 제2마을 부근으로 날아갔다.

거기서 근처 숲으로 들어가서 함께 숲속 깊은 곳으로 향했다.

"윤, 거들게 해서 미안."

"괜찮아. 오히려 세이 누나가 부탁해서 기쁠 정도니까."

게다가 내성 레벨업을 부탁한 건 나. 준비 정도는 기꺼이 거들어야지.

"그래서 세이 누나. 찾는 아이템이 뭐야?"

"어어, [광기의 수련]이라는 아이템을 찾는데, 어떤 건지 나는 모르겠어. 윤은 알아?"

그러헤 말하며 메뉴의 메모 기능으로 필요한 아이템 이름을 확인하는 세이 누나.

나는 그 아이템 이름에 짚이는 바가 있었다.

[광기의 수련]——그건 겉보기로는 평범한 수련과 다르지 않고, 딱히 상태이상이 되는 일이 없는 꽃이다.

하지만 그 꽃에서 수출한 진액를 정제하면 [수면]과 [혼란]의 스테이터스를 주는 약을 만들 수 있는 강력한 독초다.

"알아. 정확하게는 실패한 적이 있다고 할까."

"실패한 적이?"

"얼마 전에 만들었던 [속성연고]에 향을 더하려고 여러 꽃의 진액을 써봤거든."

이전에 [속성연고]의 속성 검증용으로 여러 몬스터의 소재를 섞어보는 도중에 향기를 더하려고 꽃 등의 진액를 더한 적이 있었다.

그중에 정제 전에는 상태이상이 없는 [광거의 수련] 꽃의 진액를 써봤더니 멋지게 상태이상이 발생하였다.

그러니까 그 일을 떠올리며 살짝 얼굴을 찌푸렸다.

"하지만 왜 그 [광기의 수련]이 필요해?"

[광기의 수련]에서 정제한 독약은 강력한 독약이 되지만, 다소 다루기 까다롭다.

정제한 약은 [수면]과 [혼란]의 상태이상을 줄 수 있다. 하지만 움직임이 멎는 [수면] 효과와 움직임을 활발하게 하는 [혼란]의 효과가 조합되기 때문에 상성이 안 좋아서, 안정되지 않은 상태이상약이라는 게 일방적인 인식이다.

운 좋게 잠들어서 움직임이 멎으면 좋고, 반대로 날뛰어서 움직임이 단조로워져도 좋다. 그런 도박성이 있는 아이템이다.

약의 제작 난이도는 다소 높은데다가 효과를 봐도 수요가 별로기 때문에, 별로 채취되지 않는 드문 소재다.

"윤의 레벨업에 쓸 것도 있지만, 마침 [팔백만]의 재고가

다 떨어졌으니까 보충도 겸해서…….”

“하지만 장소를 모르니까 나한테 부탁한 거야?”

“미안, 윤.”

“아하하하, 어쩔 수 없어. 알기 어려운 장소니까.”

나는 웃으며 용서하고 숲속의 덤불을 헤치며 전진했다. 실제로 [광기의 수련]의 채취 포인트는 찾기 어려울 뿐만 아니라 요령이 필요하기도 하다.

“세이 누나, 수련을 캐는 장소에 도착했어.”

그렇게 말하며 세이 누나를 덤불 안쪽으로 데려가자 나무가 없는 트인 장소가 나오고 아름다운 개울물이 흘러드는 작은 연못에 도달했다.

거기에는 연적색이나 청색, 백색의 수련이 수면에 꽃을 피우고 있었다.

“예쁘네, 윤. 여기야?”

“그래, [광기의 수련]의 채취 포인트. 일단 세이프티 에어리어이기도 하니까 적은 신경 안 써도 돼.”

나는 그렇게 말한 뒤 신발과 겉옷을 벗고 연못 안으로 들어갔다.

“이렇게 물속에서 줄기를 꺾으면 간단히 딸 수 있어.”

나는 세이 누나에게 시범을 보이면서 무릎 위까지 오는 연못물 안으로 손을 넣어서 물속에서 꽃 바로 밑의 줄기를 가볍게 뚝 꺾어서 회수했다.

세이 누나도 내가 하는 걸 보고선 자기도 할 수 있겠다고 생각했는지, 연못 안으로 들어왔지만——

"꺄악?! 차가워."

"미안. 꽤 차갑다고 주의 주는 걸 잊어버렸네. 괜찮아?"

"괜찮아. 깜짝 놀랐을 뿐이니까."

그렇게 말하며 세이 누나가 다시금 연못 안으로 들어왔지만, 얕은 장소에서 서서히 깊어져서 무릎 위 깊이가 되기 전에 내가 제지하였다.

"세이 누나, 스톱! 망토가 젖어. 그리고 그 미니스커트로 웅크렸다간 여러모로 안 좋아!"

나는 다급히 세이 누나를 연못 바깥쪽으로 밀어냈다.

"윤? 아, 그렇지. 윤처럼 반소매나 반바지면 괜찮지만, 내 장비는 젖으면 그렇지."

세이 누나는 자기 미니스커트를 누르면서 머뭇거렸다. 아무리 스커트 안이 안 보이도록 보정이 걸린다고 해도 대담한 포즈를 취하는 걸 상상하면 창피한 모양이다.

보통 수 속성의 마법을 쓰기 때문에 자기가 젖는다는 것을 잊어버린 세이 누나는 나에게 물었다.

"윤, 어쩌지?"

"세이 누나, 여기서 채취할 수 있을 만한 복장 없어? 젖어도 괜찮은 장비라든가."

"어어, 있기는 있는데……."

세이 누나는 주저하면서 말했고, 있으면 문제없다고 판단한 나는 다시금 수련 채취를 위해 물 속으로 손을 뻗었다.

차례로 뚝뚝 줄기를 꺾어서 모으고 있자니 세이 누나가 준비를 끝낸 모양이었다.

"윤, 장비 바꿨어."

"그럼 세이 누나도……. 아니, 그 장비는 뭐야?!"

"이, 이상한가? 수영복인데……."

세이 누나는 불안한 듯이 물었지만, 나는 머리를 누르며 신음하였다.

분명히 물가에서 활동하기에는 맞지만, 세이 누나의 차림은 어떤 의미로 아슬아슬했다.

허리를 굽혀서 꽃을 따면 앞으로는 커다란 가슴이 강조되고 뒤에서는 그 아름다운 엉덩이의 형태가 드러난다.

그런 무방비한 모습을 만에 하나라도 모르는 남자가 보게 되면 안 된다──남동생으로서 누나를 지켜야지!

그런 생각에 도달한 순간 나는 가진 모든 센스를 동원하여 세이 누나를 지키기로 맹세했다.

"──〈존 클레이 실드〉!"

나는 연못 주위에 흙벽을 만들어서 주변에서의 시선을 차단했다.

하지만 단숨에 만들어낼 수 있는 십여 개의 흙벽으로는 완전히 다 에워쌀 수 없어서 MP 포션을 써가면서 두 번 정도 추가하여 흙벽의 차폐물을 만들었다.

"세이 누나! 이걸로 안심이야. 자, 얼른 꽃 모으자."

"으, 응. 이런 차림으로 모아도 괜찮겠지?"

"……지금은 괜찮으니까. 다음부터는 조금 더 면적이 많은 물가 작업용 옷을 만들자."

보통은 너글너글하니 믿음직한 누나지만, 가끔은 이렇게 무방비한 면이 있어서 걱정이다.

그 뒤에 세이 누나가 수영복 차림으로 수련을 모으는 모습에 두근거리기도 하면서 나는 열심히 필요량을 모았다.

돌아가기 전에 연못가에서 물에 발을 담그고 차를 마시면서 쉴 무렵에는 세이 누나도 평소의 장비로 돌아와서 마음을 놓았다.

"세이 누나. 왜 수영복 같은 걸 갖고 있어?"

"어어……. 여름에 윤이랑 뮤우랑 같이 물놀이할 기회가 있을까싶어서 만들어달라고 한 거야. 결국 쓸 기회는 없었지만."

쓴웃음을 짓는 세이 누나.

왠지 우리도 생각해주는 걸 기쁘게 생각하면서, 세이 누나와 함께 시원한 물속에서 다리를 참방거리며 남매의 시간을 즐기는데, 인벤토리 안의 소환석에 있던 뤼이와 자쿠로가 강제로 모습을 보였다.

"꾸우~."

"우왓?! 뤼이에 자쿠로?! 잊어버린 거 아니지만, 우리만 놀아서 미안."

뤼이와 자쿠로가 내게 고개를 비벼댔다. 그리고 세이 누나가 뤼이에게 손을 뻗었다.

"아……."

"후후훗, 윤의 뤼이는 감촉이 좋아. 버릇 들겠어."

평소에 남이 건드리지 못하게 하는 뤼이가 세이 누나의 손길을 허락했고, 자쿠로도 세이 누나가 턱 밑을 문질러주자 기분 좋은 듯이 눈을 가늘게 떴다.

평소에 세이 누나와 접하는 일이 적은 뤼이와 자쿠로지만, 캠프 이벤트 때의 일을 기억하는지 세이 누나에게는 마음을 허락하는 듯하다.

"자, 슬슬 돌아갈까."

"그래. 돌아가서 [광기의 수련]에서 독약을 만들어야지."

"윤은 걱정 안 해도 돼. 그건 남한테 맡기고 윤은 내성 센스 레벨업에 힘써."

세이 누나의 그런 말에 퍼뜩 정신이 들었다.

지금은 기분 전환을 위해 [팔백만]에 몸을 맡기고 있는데, 또 [조합] 쪽으로 생각이 기울었다.

세이 누나만이 아니라 뤼이나 자쿠로도 나를 빤히 쳐다보았다.

"응, 돌아가거든 느긋하게 지낼게."

"길드에서도 [조합] 플레이어가 있으니까 그 사람들에게 맡기자."

세이 누나가 표정을 누그러뜨리자, 나도 따라 웃음이 나왔다.

내성 센스의 레벨업 준비가 다 되었기에 [팔백만]의 길드
홈 밖에 있는 훈련장에는 나 외에도 뮤우와 그 파티멤버들
이 모였다.

기다리는 동안 뮤우는 뤼이와 자쿠로를 잔뜩 쓰다듬었다.

이미 익숙해진 뤼이와 자쿠로는 얼른 좀 끝나달라는 분위
기로 가만히 있었다.

"기대돼, 언니. 어떤 레벨업 방법이야?"

"포션이나 임의의 상태이상을 유발한다는 방법일까? 하
지만 그런 포션을 쓰면 속이 안 좋고 어지러우니까 나로선
좀 싫은데. 그러고 보면 너희도 내성 계열 센스를 따러 왔
구나."

내가 뮤우네 파티 멤버에게 묻자 다들 긍정하였다.

"예. 길드 [팔백만]의 내부에도 흥미가 있어서, 윤 씨의 내
성 레벨업에 편승하는 형태로 왔습니다."

"우리도 길드에는 속하지 않았지만, 흥미가 없는 건 아니
니까. 일단 윤 씨랑 같이 견학이라는 느낌."

루카토의 말에 따라서 히노도 설명해주었다.

그러는 한편 코하쿠, 토우토비, 리레이는 습득할 센스에
대해 의논하고 있었다.

"어떤 센스 딸래? 나는 [저주 내성]이야."

"……마법사니까 MP 감소는 아프지요. 나는 [독 내성]일

까요. 일단 습득한 채로 키우지 않은 센스니까요."

"후후후, 나는 뭐로 할까. 솔직히 뭘 따도 좋지만, 코하쿠랑 같이 [저주 내성]을 딸까요. 나머지는 장비로 커버하죠."

세 사람의 대화에 귀를 기울이자, 아무래도 나와 마찬가지로 여덟 종류의 센스를 다 딸 생각은 없는 듯했다.

그때 내성 센스의 취득을 도와주는 미카즈치와 세이 누나가 나타났다.

"다들 모였군. 그럼 [팔백만]식 내성 센스 취득 부트 캠프를 시작하기 전에 설명을 좀 하지."

"설명?"

"뭐, 그렇게 딱딱한 것도 아냐. 센스 취득을 위한 레벨업 방법, 메리트와 디메리트의 설명이지."

"그걸 듣고서 다시금 자기 센스 취득을 생각해봐."

세이 누나가 그렇게 거들고, 누구에게서도 질문이 없는 것을 확인한 뒤에 미카즈치가 이야기를 시작했다.

"그럼 일단 이번 상태이상 내성 센스의 레벨업 방법 말인데, 간단히 말하자면 처음부터 강한 독을 쓴다, 야."

"자세히 설명하기 전에 메리트와 디메리트를 설명할게. 메리트는 단시간에 목적하는 내성 센스를 습득할 수 있다는 거야. 나나 길드의 많은 멤버는 이걸로 내성 센스를 얻었어. 반대로 디메리트를 보자면 내성 센스는 종류가 많으니까 전부 다 따면 SP가 많이 늘어나. SP가 너무 많아지면 그 취득량에 따라서 포션의 회복량 제한이 걸려."

그렇게 말하며 내 쪽을 보는 세이 누나. 분명히 초심자 포션은 SP의 취득 합계량이 일정수치를 넘으면 회복량이 내려가고 포션, 하이포션도 마찬가지로 회복량 제한이 생긴다.

　실제로 길드에서 검증을 좋아하는 레벨업 매니아는 닥치는 대로 센스를 취득한 결과, SP량이 너무 많아져서 지금은 회복제한이 없는 블루포션을 쓴다고 한다.

　그러니까 구태여 그 리스크를 각오하고 여러 내성 센스를 딸까, 아니면 앞으로의 플레이를 고려해야 취득할 센스를 좁히느냐를 택할 필요가 있다.

　뮤우네도 그건 아는 모양인지, 이미 한 명이 하나나 두 개 정도 새로운 센스를 따고 그 외에는 장비나 아이템, 회복마법으로 커버할 예정인 듯했다.

　"예이, 예이~! 나는 [매료 내성]을 따고 싶습니다!"

　뮤우가 손을 들고 말했다.

　"그럼 세이랑 같군. 내가 가진 특별 강력한 상태이상약을 쓸 테니까 두 사람은 조금씩 레벨을 올려줘."

　그리고 나는──

　"그럼 윤은 어쩔 거야?"

　"나는…… 역시 전부 다 따겠어."

　"크크큭, 아가씨는 또 힘든 짓을 하는군. 뭐, 좋아. 그럼 센스를 취득해줘. 장비한 뒤에 레벨업 방법을 설명하지!"

　미카즈치의 재촉에 나는 여덟 종류의 내성 센스를 취득하고 장비했다.

소지 SP 27
[조약 Lv42] [요리인 Lv11] [독 내성 Lv1] [마비 내성 Lv1]
[수면 내성 Lv1] [저주 내성 Lv1] [매료 내성 Lv1]
[혼란 내성 Lv1] [기절 내성 Lv1] [분노 내성 Lv1]

대기
[활 Lv46] [장궁 Lv20] [하늘의 눈 Lv12] [준족 Lv10]
[간파 Lv20] [마도 Lv11] [부가술 Lv36] [지 속성 재능 Lv27]
[연금 Lv40] [합성 Lv41] [생산의 소양 Lv42] [조교 Lv14]
[조금 Lv23] [수영 Lv13] [언어학 Lv24] [등산 Lv21]

"그럼 상태이상의 과정을 설명하겠는데, 상태이상 공격
을 맞을 때, 그리고 회복했을 때에 그 양에 따른 경험치가
들어와. 신체 계열이면 DEF, 정신 계열이면 MIND의 스테
이터스 수치로 저항하여, 스테이터스가 높으면 상태이상이
약해지거나 회복하기 쉬워."

극단적으로 말해서 DEF와 MIND 스테이터스가 높으면
내성 센스 따윈 필요 없다고 미카즈치는 단언했고, 그 극단
적인 말에 세이 누나는 쓴웃음을 지었다.

"그리고 내성 센스의 역할은 그런 DEF나 MIND의 저항을 올려주거나 일정량의 상태이상의 무효화인데, 레벨이 높을수록 상태이상에 걸리기 어렵고 회복시간도 빨라지지. 하지만 그런 이야기는 이번 레벨업에 필요 없으니까 생략하겠어."

"생략하는 거야?!"

"그래. 그리고 아까도 말했지만, 이번에는 강한 독을 쓰겠어. 구체적으로 말하자면 [독1]부터 회복할 때에 얻는 경험치보다도 [독5]에서 회복할 때 얻는 경험치가 훨씬 많지. 그걸 이용하여 상태이상의 강도를 처음부터 5로 계속 걸어가며 계속해서 경험치를 얻는 거야."

그렇기 때문에 미카즈치와 세이 누나는 외부에서 상태이상을 관리한다고 했다.

"뭐, 그게 레벨업의 기본이고, 플레이어의 의사에 반하는 행동을 취하는 [매료]와 [혼란], [분노]는 나중이야."

"그럼 각자 대응하는 센스 도구를 빌려줄 테니까."

그렇게 말하며 세이 누나는 뮤우네 쪽으로 향했고, 나도 거기에 섞이려고 했더니 미카즈치가 제지하였다.

"아 참, 아가씨는 나랑 하는 거야."

"뮤우네랑 같이가 아니라?"

"아가씨는 여덟 개 동시에 딸 거니까 특별 코스야. 처음에는 [독], [마비], [저주]의 세 종류를 하고 다음에 [수면]과 [기절]. 마지막으로 [매료]와 [혼란], [분노]의 3단계 레벨업을 하겠어."

그리고 건네받은 액세서리는 기억에 있었다.

"이건…… 상태이상 유발의 액세서리잖아. 그것도 이렇게나……."

미카즈치가 꺼낸 것은 여름의 캠프 이벤트에서 입수 가능한, 상태이상을 유발하는 저주의 유니크 장비였다.

나도 여덟 종류를 다 가지고 있지만, 그 강력한 상태이상 효과 때문에 장비하지 않고 장식하여 디자인에 참고만 할 정도다.

"[독]과 [마비], [저주]의 상태이상 반지야. 그걸 세 개씩 장비하여 고레벨의 상태이상에 걸려. 그리고 효과가 감소될 때마다 경험치를 받는 방식이지."

그 외에 길드에서 준비한 각종 상태이상 독약도 병용한 레벨업이라고 하였다.

근처에서는 뮤우네 파티가 이미 선택, 취득한 내성 센스의 레벨업을 시작하였고, 나도 그걸 따라서 양손에 아홉 개의 상태이상 반지를 장비했다.

무슨 벼락부자 같다고 생각하면서 미카즈치에게 받은 독약을 차례로 마셨다.

"우와, 맛없어……."

"참아, 레벨업을 위한 거니까."

독약은 식초처럼 맛이 별로였고, 다음에 마신 마비약은 혀까지 마비되어서 맛 따윈 거의 알 수 없었다.

몸이 마비되고 팔이 제대로 안 움직이기 때문에 [저주]를 유발하는 저주약을 마실 수 없었다.

"혀, 아려서, 제대로, 말 안 나와. 기분 이상해."

"큭큭큭, 그대로 누워 있어. 독과 마비로 힘들겠지만, 레벨업하면 조금은 나아지지."

독의 효과로 슬금슬금 HP가 줄어드는 걸 보면서 훈련장 구석에 깔린 시트에 누웠다.

독약과 마비약으로 받은 상태이상의 강도는 3이지만, 곧 반지의 효과도 더해져서 단숨에 세 종류의 상태이상이 5까지 뛰었다.

독은 열이 오르듯이 기분이 안 좋고, 마비는 손발이 저려서 힘들었다. 그리고 상태이상 반지의 장비로 뒤늦게 발생한 저주의 효과로 몸이 왠지 무거운 느낌이었다.

구체적으로 말하면 감기 기운일 때와 비슷한 느낌이었다.

"입이 돌아간 건 나아졌지만, 기분이 더 안 좋아졌어."

"HP도 적당히 줄어들고 있군. 자, 회복을 위한 하이포션이야."

누운 나는 저린 손으로 받은 포션병을 간신히 쥐고서 입에 댔다. 혀끝이 제대로 움직이지 않아서 입가에서 턱으로 포션이 흘러내렸지만, 신경 쓸 여유는 없었다.

견딜 수 없을 정도는 아니라고 생각하면서 얕은 호흡을 거듭하고 눈을 감으며 참았다.

누운 상태인 나를 걱정하고 다가오는 뤼이와 자쿠로.

하아, 탕파처럼 따뜻하다, 싶어서 자쿠로를 몸 앞으로 껴

안자, 뤼이는 등 쪽에 앉아서 등을 데워주었다.

　평소라면 뤼이의 정화로 곧 상태이상에서 회복되지만, 이건 레벨업을 위한 것이라서 그러지 않고 그저 HP가 바닥나지 않도록 회복마법을 사용해주었다.

　"……그러고 보면 뮤우네 쪽은."

　고개만 돌려보니, 역시 변조를 느낀 자도 있는 모양이었다.

　[독] 내성을 택한 토우토비가 제일 중증이라서 주저앉았다. 뭐, 나보다 증상은 가벼운 모양이지만…….

　제일 증상이 가벼운 건 [저주]를 택한 코하쿠와 리레이였다. 조금 나른할 뿐이라서 다른 멤버를 걱정하였다.

　"쿠울…… 쿠울……."

　"저쪽은 자고 있고."

　그쪽에서는 루카토, 히노가 누워서 잠들어 있었다.

　"저건 [수면]과 [기절]의 레벨업이군. 양쪽 다 움직일 수 없어지지만, 제일 안전하지. 레벨이 오르면 센스 효과로 상태이상이 먹히지 않게 되어서 곧 눈을 떠."

　그렇게 설명한 미카즈치는 "아가씨도 이따가 할 거야"라고 하는 바람에 얼른 그쪽 레벨업으로 넘어가고 싶다는 생각이 들었다.

　그리고 나란히 잠든 루카토와 히노의 근처에 리레이가 다가와서 두 사람의 잠든 얼굴을 바라보았다.

　"후후후, 미소녀들이 무방비한 모습으로 자고 있네. 하악하악, 이건 좋아요. 게다가 저쪽에는 감기 기운의 윤 씨가

괴로움을 견디는 모습이 아주 매력적이에요."

"모처럼 기분 좋게 자고 있으니까 방해하면 안 돼."

"리레이, 손대면 안 돼. 알지?"

아직 상태이상 내성 레벨업을 시작하지 않은 뮤우와 가까스로 서 있는 코하쿠가 어떻게든 리레이를 저지해주고 있었다.

그런 뮤우네 파티의 모습을 지켜보는 세이 누나도 있으니까 괜찮겠다고 생각하며 나는 눈을 감고 얕은 호흡을 거듭했다.

얼른 레벨이 좀 오르길 바라면서 몇 번이나 발동하여 계속 걸리는 상태이상과 그 회복을 반복했다.

그런 가운데 바로 옆에서 뭔가가 움직이는 기척을 느끼고 감았던 눈을 슬며시 뜨자, 비어 있는 손을 이쪽으로 향하는 미카즈치의 모습이 시야에 들어왔다.

"미, 미카즈치?"

눈을 반짝이면서 장난스러운 미소를 띤 미카즈치의 모습에 뭐라 할 수 없는 불안을 느꼈다.

재빨리 도망치려고 몸을 틀었지만, [마비]로 아직 몸이 마음대로 움직이지 않고 [독]과 [마비] 때문에 어질거리는 바람에 눈가를 적시며 고개를 좌우로 흔들어서 거부하는 걸로 끝났다.

도움을 청하려고 세이 누나 쪽을 보았지만, 이쪽의 상황을 알아차리기는커녕 다소 상태도 이상했다.

미카즈치가 내민 손이 내 오른다리로 다가오고, 다음에 일어날 사태를 상상하며 내 머리에서 핏기가 가셨다.

그리고――

"――?!"

비명조차 마비 때문에 제대로 나오지 않았다.

마비된 몸에 간지러움을 태우는 바람에 나는 사납게 몸을 뒤틀었다.

어린애처럼 신난 얼굴로 이번에는 옆구리를 만지려는 미카즈치. 그리고 이 상태를 보고 황홀한 표정을 띠는 리레이.

그때 미카즈치의 움직임이 멎고 주위의 온도가 단숨에 내려가는 듯했다.

"꽤나 재미있는 모양이네, 미카즈치?"

한기가 퍼진 훈련장에 세이 누나의 목소리만이 울리고, 미카즈치가 녹슨 기계 같은 움직임으로 세이 누나 쪽을 돌아보았다.

"이, 이건 작은 호기심이지. 그렇게 화내지 마."

"그래. 나는 지금 왠지 몸이 뜨거워. 뜨거워서 못 참겠어."

세이 누나의 주위에는 극한의 바람이 일어서 지면를 서서히 얼렸다.

"아, 언니 너무해! 나도 왠지 막 움직이고 싶어서 못 참겠어. 뭐지, 이 이상한 기분?"

뮤우도 자기 무기인 장검을 뽑고 쳐들었다.

양쪽 다 제정신이 아닌 것처럼 호흡이 가쁘고, 붉은빛이

도는 얼굴에 요염한 미소를 띠었다.

"허억허억……. 미, 미카즈치. 뮤우랑 세이 누나는 왜 저래?"

"왜 저러냐고 해도 말이지……. 음?"

미카즈치도 뮤우와 세이 누나의 모습에 당혹스러워했다.

뮤우네 파티 멤버 쪽으로 눈을 돌리자, 루카토와 히노가 잠든 장소에 어느 틈에 토우토비도 섞였고, 상태이상으로 몸이 안 좋아진 코하쿠가 리레이의 폭주를 필사적으로 막는 카오스가 펼쳐졌다.

그리고 그 발치에 굴러다니는 병을 보고 미카즈치가 두통을 참는 모습을 보였다.

"상태이상약하고 헷갈려서 저번 시음회 때 남은 술을 준 걸지도 모르겠어."

"뭐라고?!"

"아니, 세이한테도 [매료]의 상태이상약을 줬다고 생각했는데, 실수로 [매료]를 섞은 칵테일을 준 모양이야."

"그걸 마시면 어떻게 되는데?"

"스무 살을 넘은 플레이어에게는 그냥 음료 아이템이지. 과음하지 않으면 문제없지만…… 미성년이 마시면 곧 특수한 상태이상인 [만취]가 붙어."

지금 뮤우와 세이 누나는 [매료] 외에도 [만취]라는 상태이상이 걸린 모양이다.

[만취]의 효과는 [혼란], [매료], [분노], [기절], [분노] 같은 상태이상의 증상을 보이지만, 전혀 다른 것이다.

게다가 [매료]와의 상승효과로 조금 귀찮은 효과인 모양이다.

그런 미카즈치의 설명을 듣는 사이에 내 상태이상은 조금씩 흐려지고, 간신히 내성 센스의 레벨이 오른 걸 실감할 수 있었다.

세이 누나는 절대영도의 공기를 드리우고 내 쪽으로 다가왔다.

"윤, 나랑 뮤우는 잠깐 미카즈치랑 놀 테니까 그대로 쉬고 있으렴."

그렇게 말하고 빙그레 미소 짓는 세이 누나의 말을 들은 직후, 내 손가락에 끼워져 있던 반지는 전부 빠지고 다른 반지가 끼워졌다.

그렇게 끼워진 반지의 효과가 곧 발동하여 [수면]과 [기절]의 상태이상으로 내 의식은 멀어졌다.

그리고 마지막에 본 것은 뮤우와 세이 누나와 미카즈치가 PVP로 부딪치는 모습이었다.

●

[수면]과 [기절]의 상태이상 레벨업이 완료되었을 때, 나는 눈앞에 펼쳐진 광경을 멍하니 바라보고 있었다.

파인 지면과 얼어붙은 훈련장. 그리고 먼저 레벨업을 마치고 눈을 뜬 루카토 등이 그걸 바라보고 있었다.

그건 뮤우와 세이 누나 VS 미카즈치의 전투 흔적이었다.

"후우, 뭐, 이 정도로 용서해줄게. 왜 상태이상 레벨업에 술 같은 게 나오는데?"

"미안, 깜빡했어. 아니, 세이! 도중부터 제정신이었는데 공격을 계속했던 거야?!"

"제정신으로 돌아온 뒤로는 우리에게 실수로 칵테일을 준 것과 윤으로 장난친 것에 대한 벌이니까. 자, 윤이 눈을 떴으니까 사과해."

"알고 있어."

내가 의식을 잃기 직전에 보았을 때와 비교하면 꽤나 당한 눈치인 미카즈치는 뮤우와 세이 누나와의 PVP를 마치고 이쪽으로 왔다.

"미안, 조금 장난으로 간지럽혔어. 용서해줘."

"하아, 됐어. 눈을 떴더니 다 끝난 모양이니까."

아무렇게나 말한 나는 슬쩍 미카즈치에게서 시선을 떼어 주위를 둘러보았다.

이 참상은 아마 뮤우와 세이 누나가 한 거라고 예상이 갔다. 하지만 구체적으로 어떤 식으로 훈련장을 뒤엎었는지는 상상이 안 가서 미카즈치에게 그 의문을 던졌다.

"저기, 정말로 무슨 일이 있었어?"

"아니, 저기, 그게. 아가씨가 신경 쓸 일은 아냐."

"어떻게 싸우면 이렇게……."

"세이와 뮤우가 [만취]인 채로 날뛰었을 뿐이야. 그보다도 아가씨는 그동안 [수면]과 [기절] 반지를 착용하고 레벨을 올렸으니까 일단 센스 스테이터스를 확인해봐."

미카즈치는 그 이상의 설명 없이 입을 다물었다.

더 알기 쉬운 답을 찾아서 주위로 눈을 돌렸지만, 답을 찾을 수 없었다.

나는 다소 불안해하면서도 센스 스테이터스를 표시하여 내성 센스 레벨업의 결과를 확인했다.

소지 SP 42
[조약 Lv42] [요리인 Lv11] [독 내성 Lv31] [마비 내성 Lv31]
[수면 내성 Lv34] [저주 내성 Lv30] [매료 내성 Lv1]
[혼란 내성 Lv1] [기절 내성 Lv32] [분노 내성 Lv1]

대기
[활 Lv46] [장궁 Lv20] [하늘의 눈 Lv12] [준족 Lv10]
[간파 Lv20] [마도 Lv11] [부가술 Lv36] [지 속성 재능 Lv27]
[연금 Lv40] [합성 Lv41] [생산의 소양 Lv42] [조교 Lv14]
[조금 Lv23] [수영 Lv13] [언어학 Lv24] [등산 Lv21]

다섯 종류의 내성 센스가 단숨에 오르고 SP도 15포인트나 입수하였다.

그만큼 포션의 회복량 제한에 가까워졌지만, 총 SP 취득이 100을 넘지 않았으니까 아직은 평소와 마찬가지로 하이포션을 쓸 수 있다.

레벨업한 내성 센스를 보면 30레벨을 넘어도 상위 센스가 발생하지 않지만, [독], [마비], [수면], [기절]의 네 가지 신체 계열 상태이상의 내성이 종합된 [신체내성]이라는 센스가 발생하였다.

이대로 모든 레벨을 계속 올려서 상위 센스를 따든가, 아니면 몇 개의 센스를 종합하여 장기적인 취득 SP를 줄이고 회복량 제한을 조금이라도 늦출까.

"상위 센스의 가능성을 얻을까, 아니면 종합적인 센스를 딸까……. 좋아!"

잠시 고민한 뒤에 나는 SP를 3 소비하여 [신체내성] 센스를 취득했다.

합쳐진 네 종류의 내성 센스는 취득과 동시에 현재 취득 가능한 센스 일람에 다시금 나타났다.

"──그래, 아가씨. 한 가지를 깜박했군. 이 상태이상 내성 부트 캠프의 목적은 센스를 실용 레벨까지 올리는 거니까 절대로 [신체내성]과 [정신내성] 센스는 따지 마. 써먹기 안 좋은 센스까지는 아니지만, 메리트가 많지 않아."

내가 [신체내성] 센스를 취득한 뒤에 미카즈치가 그런 말을 하였다.

"내성 센스 네 개를 합친 센스잖아."

떨리는 목소리로 되물었다.

"이미지에 속지 마. 분명히 합쳐졌으니까 센스의 장비 한계를 압박하지 않지만, 대응하는 상태이상의 강도는 종합전과 다르지 않아. 오히려 레벨이 내려갔으니까 약해진다고도 할 수 있지."

"거짓말이지? 내가 몸이 안 좋은 걸 참으면서 레벨을 올렸는데 약해지다니."

"게다가 레벨 상승이 아주 느린 탓도 있어. 가볍게 계산해서 실용 레벨에 되돌리는 데까지 한 종류의 요구 경험치의 약 8배가 필요해. 뭐, 상태이상 네 종류 중 어느 거라도 경험치가 들어가니까 편한 걸 고를 수 있지만……."

쇼크 때문에 미카즈치의 말은 중간부터 내 귀에 들어오지 않았다.

머릿속으로 [신체내성] 센스를 30까지 올리는 데에 필요한 시간을 생각하고 경악했다.

"뭐야, 갑자기 말이 없이……. 설마 이미 저지른 건 아니겠지."

"아하하하……. 바로 그 설마야."

"으, 으음, 다시금 네 종류의 내성 센스를 따도 좋지 않겠어? 센스의 효과는 중복되고."

눈을 돌리면서 미카즈치가 말했다.

"뭐지? 왜 눈을 돌리는데?"

"하지만 이걸로 네 가지 센스를 다시 따면 아가씨의 총 SP

취득량이 늘어서 회복량이 내려갈 것 같은데."

"하아, 어쩔 수 없나. 그러면 이대로 [신체내성] 센스를 실용 레벨까지 혼자서 올릴 수밖에 없네. 하지만 그 전에 한 가지……."

"뭐지?"

"왠지 다른 정신 계열 내성 센스가 저렙인 게 기분 나쁘니까, 그것들을 [정신내성]으로 합칠 수 있는 레벨까지 올리는 걸 도와줘."

"하아, 귀찮군. 세이와 뮤우 다음에는 아가씨인가. 하지만 단숨에 센스 레벨을 너무 올리면 회복 제한에 걸릴걸."

"애초에 미카즈치가 종합 센스에 대해 말하지 않은 게 원인이잖아. 나를 간지럽힐 틈이 있거든 설명도 할 수 있었을 거잖아."

나는 가볍게 입술을 삐죽여서 불쾌함을 숨기지 않고 미카즈치에게 항의했다.

그런 지적에 반론할 수 없는지, 미카즈치는 머리를 난폭하게 북북 긁적이면서 일어섰다.

"어쩔 수 없군. 조금 어울려줄까."

무기인 육각곤을 어깨에 짊어지고 황폐해진 훈련장의 중심으로 이동하더니, 장난질에 가슴 뛰는 어린애 같은 웃음으로 날 부르는 미카즈치.

"[팔백만]식 내성 센스 취득 부트 캠프, 미카즈치 씨의 대련 도장에 잘 왔어. 아무튼 상태이상인 채로 마음껏 공격하면 돼. 이건 레벨업이 완료되는 시간까지 얼마나 상대에게 유효타를 넣을 수 있는가를 겨루는 PVP야."

그렇게 말하며 미카즈치에게서 내게——PVP : 히트 카운트 배틀의 신청을 허락했다.

몸을 비스듬히 돌리고 봉을 가볍게 쥔 미카즈치에게 압도되면서도 한 발 내딛었다.

세이 누나가 내게 다가와서 [수면]과 [기절]의 반지에서 [매료], [혼란], [분노]의 상태이상 반지로 교환해주었다.

세 종류의 상태이상에 걸린 경우, 나는 [혼란]의 효과로 모든 스킬과 아츠를 쓸 수 없게 되지만, [분노]의 효과로 공격 계열 스테이터스가 상승했다.

"그럼 잘 부탁합니다."

나는 그렇게만 말하고 상태이상에 몸을 내어주었다.

PVP 개시 직후 세 가지 상태이상으로 벌어진 몸의 주도권 싸움에 저항하지 않고 나는 그저 시야로 미카즈치의 움직임만을 계속 쫓았다.

'미카즈치는 봉을 쓰기 때문에 리치는 길지만, 활의 사정거리가 더 멀어.'

자동으로 움직이는 몸이 활을 들고 화살통에서 화살을 뽑아 활에 메겨서 쏘았다.

[분노]로 ATK가 올라간 화살을 연속해서 세 발 쏘았지만, 미카즈치는 날아오는 화살을 봉질 한 방으로 죄다 쳐냈다.

"흐음. 뭐, 장궁으로 연사도 할 수 있군. 다만 컨트롤이 약해. 게다가 상태이상일 경우면 페인트를 쓸 수 없으니까 스테이터스로는 평소보다 나아도…….”

거기까지 말하더니 왼쪽으로 넘어지듯이 다리를 끌면서 한 발 나서는 미카즈치.

내 몸은 자연스럽게 그 다음을 예측하여 화살을 날렸지만, 미카즈치의 움직임은 페인트라서 곧바로 오른쪽으로 움직여서 화살을 모두 피했다.

“나를 맞추고 싶거든 화살을 그 열 배는 쏴야 할 거야!”

나는 기계적으로 계속 화살을 날렸지만, 그건 죄다 빗나가든가 봉에 막혀서 떨어져서 유효타가 되지 않았다.

그러는 가운데 화살통의 화살이 다 떨어졌다.

미카즈치가 쳐내서 못 쓰게 된 화살이 많아서 화살의 자동회수기능이 작동하지 않았다.

평소보다 빨리 화살이 다 떨어져서 나는 행동 패턴을 바꿀 수밖에 없었다.

활을 인벤토리에 갈무리하고 이번에는 두 개의 칼을 꺼냈다.

오른손에는 일본도를 떠올리게 하는 푸른 도신의 해체식 칼 창무. 왼손에는 육중한 흑철로 만든 손도끼 같은 고기 써는 식칼 중흑.

그것들을 든 내 몸은 단숨에 미카즈치 쪽으로 달려가서 해체식칼로 찌르기를 날렸다.

“이번에는 접근전으로 바꾸고 나왔나. 전투수단이 많은

건 좋지만 역시 단조로워."

그렇게 말하며 가볍게 상체를 젖힌 미카즈치는 해체식칼의 찌르기를 피하고 봉으로 밑에서 튕겨 올리듯이 내 턱을 노렸다.

바로 밑이라는 사각에서 오는 일격을 턱에 맞고 몸이 뒤로 쓰러졌지만, 상태이상에서 온 투쟁 상태인 내 몸은 곧바로 벌떡 일어나서 다시금 미카즈치에게 돌격하였다.

크게 휘두른 해체식칼과 고기 써는 식칼을 차례로 피하면서 카운터로 봉을 찌르고 후리고 쳐내는 미카즈치.

HP가 아니라 제한 시간 내에 받은 공격횟수로 승패를 정하는 PVP에서 내 머리 위에는 이미 [32]라는 숫자가 떠오르고, 반대로 미카즈치는 [0].

전혀 싸움이 되지 않지만, 싸우는 도중에 차츰 내 내성 센스의 레벨이 올랐는지 상태이상에 주도권을 빼앗긴 내 몸이 조금씩 내 의사대로 움직이게 되었다. 그렇다고는 해도 그건 공격할 때 끝을 미묘하게 움직여서 미카즈치의 공격 타이밍을 흘리는 정도였다.

그런 내 변화에 미카즈치는 순간 눈썹을 찌푸렸다.

"조금 어색하지만 움직임에 변화가 나왔군. 내성 센스의 레벨이 올랐나."

그렇게 분석하면서 다시금 봉으로 옆구리를 때리는 바람에 나는 무릎을 꿇었다.

나는 좀비처럼 일어서려고 했지만, 그 전에 미카즈치의

봉에 사정없이 어깨를 찔려서 뒤로 넘어졌다.

그리고 쓰러진 내 머리를 향해 골프공을 때리듯이 미카즈치가 봉을 휘두르는 게 보였다.

'──이건 위험해!'

본능적인 위기감에 [하늘의 눈]이 자동으로 발동하여 체감시간이 연장되었다.

[하늘의 눈]으로 연장된 체감시간 속에서 다가드는 봉을 야수 같은 움직임으로 피했다.

"호오, 이걸 피했나. 캐릭터의 스펙은 그럭저럭. 회피능력은 높다. 다만 전투 계열 센스의 보조도, 경험의 축적도 없는 움직임이라서 초보인 게 훤해."

그렇게 말하며 이번에는 미카즈치가 공격해 왔다.

왼손의 고기 써는 식칼로 박아냈지만, 몇 번이나 때리고 뱀처럼 변하는 봉의 움직임에 식칼이 날아가버렸다.

그리고 팔을, 다리를, 배를, 어깨를, 머리를 몇 번이나 봉으로 얻어맞았지만, 두 손으로 움켜쥔 해체식칼을 베듯이 휘둘러서 공격에 속도가 붙었다.

하지만 미카즈치의 타격을 맞기만 할 뿐이지 한 번도 이쪽의 타격이 들어가지 않았다.

그리고 제한시간 종료의 부저가 울릴 때까지 얼마 남지 않았을 무렵, 완전히 상태이상에서 몸의 주도권을 되찾은 나는 해체식칼을 쳐들었다.

거기에 [혼란] 상태이상으로 사용할 수 없었던 마법 스킬도 사용하여 불의의 일격을 노렸다.

"——⟨봄⟩."

미카즈치가 있는 좌표를 노린 ⟨봄⟩과 그 직후에 전력을 담아 내리친 해체식칼의 일격, 그럴 터였다. 하지만——

"노림수도 공격도 어설퍼. ——⟨기도곤⟩."

슬쩍 옆으로 몸을 미끄러뜨린 미카즈치는 육각곤에 아츠를 담고 내가 좌표로 노린 ⟨봄⟩ 마법을 머리 위에서 쳐냈다.

발동에서 폭발까지의 짧은 시간에 ⟨봄⟩을 무효화하는 동시에 육각곤 끝이 물 흐르듯이 해체식칼의 자루 밑을 쳤고, 식칼은 내 손에서 빠져나갔다.

미카즈치가 얼떨떨해진 내 머리를 툭 때리고, 내 머리 위의 카운트가 1 추가되는 동시에 제한시간 종료의 부저가 머릿속에서 울려 퍼졌다.

PVP의 종료 신호와 함께 전적이 표시되자, [91] 대 [0]으로 미카즈치의 압승이었다.

말 그대로 손도 못 썼다. 나는 장비한 상태이상의 반지를 빼고 큰 대(大)자로 쓰러졌다.

"하아~ 졌다! 완전히 졌다!"

"수고했어. 하지만 상태이상의 레벨업은 잘 된 모양이군."

미카즈치의 말처럼 세 종류의 상태이상이 레벨 30을 넘어서 정신 계열 내성 네 종류의 종합 스킬은 [정신내성]이 발생하여 취득할 수 있었다. 그렇긴 한데…….

"납득이 안 가."

"뭐가?"

"기습으로 마법을 썼는데 간단히 피하질 않나, 게다가 마지막 일격까지 막아버리다니."

"이쪽은 수십 명이나 되는 길드 멤버를 통솔하는 길드마스터야. 아가씨와 같은 짓을 한 녀석은 많이 있었고, 그런 놈들과 몇 번이나 훈련했어. 자, 부트 캠프는 끝났으니까 뒷정리다."

"그래, 알았어."

미카즈치의 목소리에 반응하여 일어섰다. 날아갔던 식칼을 회수하고서 관전하던 뮤우네 파티에게로 돌아가자 모두가 맞이해주었다.

"언니, 어서와. 한 번도 공격을 못 맞췄던 건 아쉬웠어."

"으윽, 동생이 나한테 거는 기대가 낮아."

"아니, 상대는 미카즈치 씨잖아. 게다가 세이 언니랑 내가 [만취] 상태로 싸웠을 때가 훨씬 공격이 거셌는데도 미카즈치 씨는 그걸 다 막아냈으니까 비교할 것도 없어."

나는 못 봤지만, [만취] 상태의 두 사람의 PVP는 그렇게 대단했던 모양이다.

"자, 아무리 PVP로 안 죽는다고 해도 HP는 절반까지 깎였으니까 회복시켜야지. ——〈하이 힐〉!"

"뮤우. 나머지는 내가 할게. 아주 조금뿐이니까 포션으로 충분할까."

평소라면 하이포션이나 블루포션을 이용하지만, 회복량

면에서는 포션으로 충분하다고 생각하고 사용했다.

"어라? 다 안 찼네? 아니, 포션의 회복량이 내려갔어?"

아이템 스테이터스의 표시상으로는 문제없어서 평소처럼 포션을 사용했는데, 나머지 1할의 HP가 완전히 회복되지 않았다.

시험삼아서 하나 더 써봤는데, 분명히 회복량이 내려갔다.

"오오, 축하해. 포션의 회복량 제한이 왔네."

"축하?"

"그만큼 레벨이 올랐단 소리잖아? 그리고 언니는 원래 포션보다도 하이포션을 썼으니까 문제없잖아."

뮤우의 그런 말에 그도 그렇다 싶어서 납득했다.

SP가 일정량을 넘었기 때문에 걸린 회복량 제한의 영향은 나중에 조사하기로 하고, 일단은 좀 쉬자.

3장 원정과 화산 에어리어

미카즈치에게서 [팔백만]식 내성 레벨업 훈련을 받고 며칠 뒤, 나는 SP의 최대 취득에 따른 회복량 제한에 대해 수중의 포션이나 약의 효과를 조사했다.

그 결과 회복량이 내려간 것은 포션과 환약, 이렇게 두 종류였다. 또 환약의 파생류인 스테이터스 강화 아이템인 강화환약에는 변화가 없었다.

SP가 증가해도 회복량 제한이 걸리지 않은 블루포션을 앞으로도 사용하면 되겠지만, 블루포션의 회복량은 열화 하이포션급이다.

그러니까 다음 회복량 제한으로 하이포션을 쓸 수 없게 되면 하이포션급의 블루포션을 만들자고 결심하고 [팔백만]의 공방을 빌렸는데…….

"역시 평소와 다름없이 고품질의 블루포션이야."

"그만 포기하지? 지금 레벨에선 충분하잖아. 그보다 차 안 마실래?"

그렇게 말하며 이쪽을 보지도 않고 수중의 바늘에 비즈를 꿰는 오토나시.

"나는 커피 마실 건데 너희는 홍차면 돼?"

랭글리도 기지개를 켜고 어깨를 풀더니 옆에 놓인 식은 커피를 비우고 따뜻한 것을 다시 따랐다.

"나는 홍차로. 수중의 레시피책로는 하이포션을 대신할 약이 없어."

나는 레이드 퀘스트의 보수인 레시피책인 [민간약 사전]을 해독하였지만, 거기에는 실리지 않았다.

"그럼 하이포션보다 위를 노리면?"

"뭐, 그렇지. 하이포션의 상위 포션인가. 레시피를 찾아서 시작품을 만들고 효과를 안정시키고 다음에는 저렴하게 공급할 수 있도록 연구한다. 앞날이 까마득하네."

한숨을 내뱉으면서 일단 정보 수집부터 시작하자고 생각하고 나는 랭글리가 따라준 홍차를 받았다.

조금 오래 우렸는지 떫은맛이 있어서 클로드의 [콤네스티 카페 양복점]의 티세트가 그리워졌다.

"그럼 난 잠깐 도서관 다녀올게."

"다녀와."

"음, 뭐 좋은 정보를 찾으면 좋겠네."

나는 뤼이와 자쿠로를 데리고 [팔백만]의 길드홈에서 밖으로 나와 도서관으로 향했다.

그렇다고 해도 도서관 안에 두 마리를 데리고 들어갈 수 없기 때문에 도서관 뒤쪽의 쉼터에 대기하게 하고, 나는 상위 포션에 관한 책을 찾았다.

"역시 없어. 얼추 훑어봤지만, 여기에 정보가 없다면 퀘스트로 정보를 얻든가, 어림짐작으로 만들 수밖에 없어."

애초에 상위 포션의 이름도 모르고 정보를 조사하려는 게 문제일지도 모르지만, 모르니까 어쩔 수 없다.

"하아, 지금은 포기하고 액세서리 조정이나 할까."

나는 지금 나를 기분 전환시키려고 [팔백만]에 데려와준 뮤우와 세이 누나에게 줄 선물로 액세서리를 만들고 있다.

세이 누나에게는 이전에 만든 [청과 은의 미스틱 링]을 다듬어서 줄 예정이고, 뮤우에게는 비즈 액세서리를 주기 위해 현재 시행착오를 거듭하고 있다.

비즈 액세서리는 비즈와 금속실과 바늘만 있으면 어디서든 만들 수 있어서, 오늘은 뤼이나 자쿠로와 함께 도서관 뒤의 쉼터 벤치에서 느긋하게 작업하기로 했다.

"자, 계속해서 시작해볼까."

비즈가 흘러내리지 않도록 조심하면서 전용 케이스에서 꺼내자, 거기에는 유백색 유리 비즈와 은색의 금속 비즈가 각각 담겨 있었다.

[팔백만] 길드에 있는 동안에 오토나시와 랭글리와 함께 비즈 액세서리 제작을 연구하여서 비즈의 재료인 [모래결정]에 더하는 소재에 따른 색상의 변화를 확인했다.

금속 분말의 종류나 더하는 양에 따라서도 농담이 변화하고, 이 유백색 비즈는 [모래결정]에 윌 오 위스프의 [인혼광석]의 분말을 섞어서 이런 색깔을 낼 수 있었다.

팔찌 중앙에는 한층 큰 받침대 파츠. 그리고 작은 비즈를 조합하여 커다란 파츠를 만들고 그걸 여러 개 엮어서 전체적인 형태를 만들었다.

잘그락거리며 움직임을 방해하는 것이 아니라 튼튼하고 비교적 심플한 디자인으로 만든다.

한가운데의 라인을 유백색 비즈로 다지고, 바깥쪽 라인에 은색 비즈를 이용했다.

집중해서 만들어, 마지막으로는 풀리지 않도록 금속실의 양끝을 단단히 묶어서 벗기 쉽도록 고리 파츠를 넣었다. 받침대에 연마한 아쿠아마린 보석을 끼우자 일단 완성되었다.

스노우화이트 팔찌 [액세서리] (중량 : 1)

DEF +8   MIND +12

완성된 비즈 액세서리를 뮤우에게.

그리고 저번에 만든 [청과 은의 미스틱 링]에는 세이 누나의 전투 스타일에 맞추어서 강화소재를 붙이고 싶다.

양쪽 다 시작품에는 효과를 세 개까지 줄 수 있다는 걸 알기에, 그 범위 중에서 좋은 효과를 찾고 싶은데……

"좀처럼 괜찮은 강화소재가 없네."

"뭐가 없다고?"

"우왁?! 깜짝 놀랐잖아! 아니, 클로드?!"

자칫 벤치에서 미끄러질 뻔한 나는 내 무릎 위에서 떨어질 뻔한 자쿠로를 붙잡았다.

뒤를 돌아보니, 파트너인 행운의 고양이 쿠츠시타를 어깨에 올린 클로드가 내 주변을 관찰하고 있었다. 있는 줄 전혀 몰랐네.

"오래간만이군."

"그래. 마기 씨랑은 만났지만, 리리나 클로드를 만날 기회는 없었나. 리리는 잘 지내?"

"곧잘 둘이서 사냥을 나가고 생산에 대한 이야기를 하지. 리리도 지인이 얼굴을 비추지 않으면 다소 걱정할걸."

"저기, 미안."

최근에는 [팔백만] 길드 홈에 틀어박히는 일이 많아서, [아트리엘]에서 최소한의 소재를 가져오고 가게나 위탁판매에 필요한 아이템만 만들어 보충하는 상황이다.

"무슨 사정이 있겠지?"

"실은……."

나는 시선을 내리고 옆에 있는 자쿠로의 등을 쓰다듬었다.

거기에 맞추어 클로드의 등에서 벤치로 뛰어내리는 쿠츠시타의 턱을 마찬가지로 문질러주자 쿠츠시타는 목에서 골골 소리를 내기 시작했다.

잠시 동안의 침묵 후에 내가 최근 [팔백만]에 몸을 맡긴 사실을 클로드에게 말했다.

"흠. 정신없이 지내느라 기력을 많이 썼으니까 한동안 다른 자극을 얻어 기력을 되찾으려는 건가."

"걱정 끼쳐서 미안."

"뭐, 윤이 기운을 차린다면 좋지. 그렇긴 해도 고원 에어리어의 거대 몬스터의 안이 체내 던전이라니. 뭐, 윤 본인이 전처럼 타인과의 관계를 꺼리며 은둔한 것도 아니면 됐나. 그리고 자극이 되는 기술도 찾은 모양이고."

그렇게 말하며 클로드는 지면에 웅크려서 뭔가를 주웠다.

그건 내가 벤치에서 미끄러질 뻔할 때 케이스에서 흘러내린 비즈 중 하나였다.

"방금부터 봤는데 비즈인 모양이군. 비즈에 금속실이면 감촉이 나쁘지 않나? 더 유연성 높고 강인한 [실키 스파이더의 실]로 누비면 감촉도 좋고 좋은 악센트가 되겠지."

톱 재봉사인 클로드는 바로 비즈를 어떻게 다룰지 떠올렸다. 또한 [팔백만]에 있던 재봉사보다 더 나은 아이디어를 갖고 그에 대한 개선책도 제시했다.

"오늘은 좋은 걸 구경했다."

그렇게 말하자 쿠츠시타가 클로드의 등을 타고 올라가듯이 어깨로 돌아가고, 나는 그들이 떠나가는 모습을 지켜보았다.

훗날 비즈로 장식된 대작(大作) 장비가 [콤네스티 카페 양복점]의 쇼케이스에 진열된 것을 보고 내가 아연해진 것은 나중의 일이다.

"자, 우리도 일단 돌아갈까."

그렇게 말하고 [팔백만]의 길드홈으로 걸어갔다.

그리고 길드홈의 문을 연 내 눈에 평소와 분위기가 꽤 다른 길드의 모습이 들어왔다.

"자, 자, 비켜! 방해되니까 파티별로 한 곳에 모여.", "선물 잘 부탁해.", "오케이, 적당히 소재를 모아올 테니까 뒷일은 부탁해.", "나는 거기 처음 가는 건데 어때?", "난 선발대로 갔었는데 재미있는 곳이야. 뭐, 실제로 보는 걸 기대해."

거기 모인 플레이어들은 [팔백만]의 중핵을 담당하는 상위 플레이어들이나 중견, 또는 일부 생산직 플레이어도 섞여 있었다.

이 정도의 숫자가 단번에 모이다니 무슨 일인가 싶어 놀라면서도 사람들을 헤치며 안쪽으로 들어가자, 세이 누나가 몇몇 길드 멤버에게 지시를 내리는 참이었다.

"응. 준비 다 됐네. 그럼 미카즈치가 지시하면 차례로 포털로 이동 개시야. 또 포털로 전이할 수 없는 사람은 나랑 미카즈치가 서포트해서 포털 개통에 협력할 테니까 잘 부탁해."

왠지 바쁜 모양이다 싶어서 세이 누나에게 말을 걸기 껄끄러운 마음으로 한 발 물러나다가 누군가와 부딪쳤다.

"아, 미안. 아니, 미카즈치?"

"아가씨야말로 얼른 준비 안 하면 두고 간다."

"두고 가? 두고 가다니, 어딜 가는데?"

무슨 이야기인지 모를 상황 속에서 미카즈치가 가라고 지시한 장소에는 뮤우네 파티와 오토나시, 랭글리가 모여 있었다.

"언니! 기다렸잖아!"

"뮤, 뮤우, 숨 막혀……."

나를 보자마자 목덜미에 매달리는 뮤우와 평소처럼 그걸 지켜보는 그녀의 파티 멤버. 그리고 적당한 거리를 지키며 이쪽을 보는 오토나시와 랭글리.

"그보다 이 모임은 뭐야?"

"어라? 세이 언니나 미카즈치 씨한테 못 들었어?"

"아니, 전혀……."

세이 누나랑은 이야기 못 했지만, 미카즈치의 경우라면 잊어버렸다든가 재미있을 것 같으니까 일부러 말하지 않았 겠지.

그리고 바로 그 미카즈치는 홀 중앙에 있는 층계참에서 목청을 높였다.

"길드의 정예들! 오늘 모여주어서 고맙다! 이제부터 우리 는 일찍부터 계획했던 그곳의 최전선을 철저히 공략하기 위 해 출진한다! 이제부터 1주일 동안 전력으로 최전선 하나를 파헤친다! 그러면——원정 시작이다!"

원정, 내가 그렇게 중얼거리는 동시에 미카즈치의 말이 끝나고 홀에 가득 대기하던 길드 멤버들이 환성을 올리며 차례로 이동하기 시작했다.

그리고 우리가 있는 곳으로 미카즈치와 세이 누나가 다가 오고…….

"그럼 우리도 갈까!"

"아니, 간다고 해도 무슨 소린지 모르겠거든. 그리고 원정이라니……"

"후후후, 어디로 가냐면 말이지, 바로 화산 에어리어의 정상입니다!"

세이 누나가 즐거운 듯이 미소 지었지만, 나로서는 또 산인가 싶어서 고개를 푹 숙였다.

"그럼 다들 잘 다녀와——"아가씨도 가야지."——역시나 그런가."

"괜찮아. 아가씨가 좋아할 만한 곳도 있어. ……뭐, 데인저러스 존은 좀 있지만."

"잠깐, 미카즈치. 마지막에 뭐라고 했어?"

다 들렸거든? 데인저러스 존이라는 건 또 뭐야. 어디로 데려가려는 거야? 나는 목청 높여 그렇게 항의했지만, 그전에 내게 안겨 있던 뮤우와 미카즈치에게 질질 끌려가듯이 이동하였다.

그 뒤를 쫄래쫄래 따라오는 뤼이와 자쿠로.

"이 그룹은 아직 화산 에어리어의 포털을 개통하지 않은 이들이야. 그러니까 이제부터 바로 가서 개통하고 선행한 그룹을 따라잡아야지."

"하아, 될 대로 되라."

나는 깊은 한숨을 내쉬고, 미카즈치 일행의 화산 에어리어와 최전선 공략 원정에 동행하기로 했다.

내 취향의 장소가 있다는 모양이긴 한데, 화산 에어리어의 최전선. 나 같은 건 공격이 스치기만 해도 저세상행일 듯한 에어리어에서는 하다못해 사망만 피하고 싶다는 마음으로 있을 뿐이었다.

●

긴 시간이라고 할 정도의 시간이 지나기 전에 우리는 화산 에어리어의 입구에 발을 들여놓았다.

"하하하, 꽤나 쉽게 도착했네."

메마른 웃음을 흘리는 가운데, 적갈색의 흙과 갈라진 지면의 산이 눈앞에 버티고 서 있었다.

용암으로 곳곳이 적색과 흑색으로 깜빡이는 지면과 화산성 가스가 인화하여 불기둥을 내뿜는 화산을 올려다보았다.

"자, 갈까."

"진짜? 조금 쉬게 해줘."

"자, 윤 언니. 힘내!"

뮤우가 등을 팡팡 두들겨주기에 나는 지면을 내려다보던 고개를 살짝 들었다.

여기까지 오는 동안 나름 되는 길을 지났다.

제3마을 근처에 있는 광산 던전의 몬스터인 반인반거미, 알케니가 출현하는 루트를 지난 곳이 바로 여기 화산 에어리어였다.

화산 에어리어의 입구에는 포털만 있는 세이프티 에어리어가 있고, 선행해서 일단 탐색을 마친 길드 멤버들이 휴식을 위해 앉아 있었다.

그런 길드 멤버들을 곁눈으로 보며 미카즈치를 선두로 한 우리 후속 그룹이 우르르 산 위로 나아갔다.

"갑니다. ──〈아이스 랜스〉."

"세이 언니한테 안 질 거니까! ──〈피프스 브레이커〉!"

"기운이 넘치네, 흠!"

"아니, 다들 너무 쌩쌩해."

몬스터는 집단으로 올라가는 우리를 향해 무리 지어 덤볐다.

선공형이기 때문에 인식 범위에 들어가면 일단 공격해 오는 몬스터를 뮤우나 세이 누나, 미카즈치 등이 차례로 쓰러뜨렸다.

파티별로 싸우면서 교묘히 위치를 잡기 때문에 공투 페널티 같은 문제도 생기지 않아서 순조롭게 올라갔다.

"아, 왠지 미안할 정도로 전투에선 나설 자리가 없네. 완전히 호위받는 것 같아."

"생산직은 그게 보통이야. ──〈아쿠아 배럿〉!"

"한가하면 아이템이라도 채취해! 이 에어리어의 자원을 싹싹 조사하라고!"

세이 누나는 차례로 물탄환과 얼음창을 쏘고, 미카즈치는 덤벼드는 몬스터를 육각곤으로 쓰러뜨리며 소리쳤다.

화염을 내뿜는 용암을 등에 달고 있는 곰 모양의 몬스터인 마그마 베어.

금속 분말과 불똥을 뿌려서 분진 폭발을 일으키는 나방형 몬스터는 더스크 모스와 그 유생체라서 아직 얼룩무늬 송충이인 더스트 이터라는 몬스터의 집단.

그것들을 상대로 전진하였다.

"용케 그런 공격들에 대처할 수 있네."

"익숙해져서 그런 게 아닐까요?"

내 질문에 맞장구를 치는 루카토와 함께 바라본 곳에서는 전위에서 무기를 휘두르는 뮤우와 미카즈치의 모습이 있었다.

미카즈치는 불을 두른 마그마 베어를 상대로 한 발도 물러나지 않으며 치고받는 공방을 벌이고, 뮤우는 차례로 공중에서 발생하는 분진폭발을 피하고 발밑에서 공격하는 더스트 이터를 쳐올리듯이 베면서 빛 마법으로 더스트 모스를 격추하였다.

미카즈치가 말한 대로 나는 같은 집단의 생산직과 함께 아이템 회수에 힘썼다.

오토나시와 랭글리는 불모지에서 얼마 되지 않은 채취 포인트를 곡괭이로 파헤쳤고, 나도 흑철제 곡괭이를 딱딱한 채굴 포인트를 향해 내리찍었다.

그리고 우리가 채굴 포인트에서 광석이나 보석 원석을 다 모았을 무렵에는 주위 몬스터들이 거의 섬멸되었다.

"이쪽은 이제 끝났어. 윤 언니, 그쪽은 어때?"

"지금 채굴이 다 끝났어. 그렇긴 해도 나는 이 에어리어를 잘 모르는데, 한 번 제대로 설명해주겠어?"

전투와 아이템 회수 후에 화산 에어리어의 산길을 오르면서 미카즈치에게 물었다.

"그렇군. 여기는 최전선 에어리어 중 하나인 화산 에어리어야. 아가씨가 찾아낸 고원 에어리어는 미개척인 북쪽의 최전선 에어리어 중 하나지. 그 외에도 동쪽의 산맥, 삼림 에어리어, 남쪽의 황야 에어리어 등이 있어."

북쪽의 고원 에어리어의 보스 몹인 라이트닝 호스는 그 에어리어에서 눈에 띄게 강하기 때문에 거기는 북쪽의 최전선 중 하나라고 할 수 있을지 모른다.

"그럼 여기 화산 에어리어에는 어떤 게 있어?"

"그렇군. 선발대의 이야기로는 비밀 문이 있다나 봐."

"오오, 재미있겠다! 직행하자! 이렇게 꼬불꼬불한 산길보다도 빨리 닿겠어!"

그렇게 말하며 평소처럼 뛰어가려는 뮤우의 어깨를 붙잡아 세우는 나와 세이 누나. 이어지는 미카즈치의 말에는 직접 오르기를 주저할 만한 내용이 담겨 있었다.

"직통 루트로 가도 좋지만, 경사면은 완만해도 발밑의 자갈이나 조약돌 때문에 미끄러지기 쉬워. 그리고 곳곳에 있는 화염 트랩이나 화산 가스 트랩을 회피하면서, 화염에 내성이 있는 몬스터와 전투를 해야지. 갈 수 있겠어?"

"좋아! 얼른 산길을 통과하자!"

이번에는 산길 쪽으로 달려가는 뮤우의 뒤를 루카토 등이 쫓아가기 시작했다.

나는 그녀들을 지켜보고 미카즈치의 설명을 들으면서 한 걸음씩 착실하게 걸어갔다.

"그래서 화산 에어리어의 다른 특징은?"

"그렇군. 여러 가지 인공 시설이 점점이 있어. 그리고 저기가 3분 능선 표식인 달걀돌이야."

미카즈치가 가리킨 곳에는 받침대 위에 인간의 두 배 정도 크기의 달걀 모양 바위가 설치되어 있고, 뮤우가 그 위로 뛰어가서 주위를 둘러보는 모습이 보였다.

"오오, 높다!"

"뮤우, 위험하니까 내려오세요!"

"아하하하, 뮤우답네. 나중에 나도 올라갈게!"

"히노!"

혼자서 허둥대는 루카토. 그 주위에서 그 오브젝트의 의미를 생각하는 토우토비, 리레이, 코하쿠가 있었다.

그리고 그 오브젝트의 의미를 세이 누나가 설명해주었다.

"거기에는 열쇠가 있어. 8분 능선의 던전에 들어가려면 이 화산 에어리어에 있는 [도깨비문의 열쇠]란 키 아이템을 입수할 필요가 있는데, 그게 없네."

세이 누나의 말을 듣고 달걀돌과 받침대 사이에 있는 움푹 파인 곳을 보기 위해 뮤우가 달걀돌에서 뛰어 내려왔다.

"키 아이템인 [도깨비문의 열쇠]는 사용되든가 소지한 채로 에어리어 밖에 나가면 사라졌다가 또 같은 장소에 부활해."

"흐음, 왠지 재미있네. 열쇠로 따고 들어가는 던전은 처음일지도."

뮤우 파티를 쫓아온 나도 열쇠가 있던 곳을 옆에서 들여다보았다.

세이 누나의 해설에 호기심을 자극받아서 잠시 동안 아무것도 없는 장소를 나아갔지만, 위로 갈수록 화산의 열기가 늘어나서 몇 명이 힘들어하였다.

"더워~. 윤 언니는 괜찮아?"

"나는 괜찮은데 뮤우는 괜찮아?"

"으음, 조금 힘들어. 언니의 뤼이, 서늘해서 좋아."

화산의 열기에 스테이터스의 DEF나 화 속성 내성이 낮은 플레이어들부터 순서대로 고온에 따른 환경 대미지를 슬금슬금 받았다.

나는 [세공]으로 액세서리를 만들 때 화로의 온도에 익숙하기 때문에 견뎌낼 만한 열기였다.

파트너인 자쿠로는 여우불을 쓰기 때문에 화 속성에 대한 적응력이 있어서 태연한 기색이었다. 뤼이를 보자면 수 속성을 다루기 때문에 몸에 시원한 바람을 띠고서 태연한 얼굴을 하였다.

그런 뤼이의 주위에는——

"하아, 뤼이에게서 청량한 공기가——"

"분명히 시원하네요."

"사막 안의 오아시스야."

열기에 내성이 없는 플레이어들이 모여서 몸을 식히고 떨어졌다. 그 모습에 짜증을 내면서도 뤼이는 자쿠로를 등에 올리고 내 옆을 걸었다.

잠시 뒤에 보이기 시작한 파인 땅을 미카즈치가 가리켰다.

"여기가 4분 능선인 [염열유의 기름연못]이다!"

산길 옆에는 푹 파인 땅이 있고, 그 안쪽에는 액체가 고여 있었다.

적색과 흑색으로, 거듭 껌뻑거리는 지면의 불빛을 받아서 반사하는 투명도 높은 기름연못이었다.

다가갈 때 발치의 조약돌이 연못 안에 떨어지자, 기름 특유의 점성을 드러내는 식으로 가라앉았다.

"흐음, 이런 게 있네."

나는 [염열유의 기름연못]으로 다가가서 채취용 깔때기로 용기에 기름을 담았다.

병 몇 개 분량의 [화염지대의 염열유]를 입수한 나는 일단 기름연못에서 떨어져서 소재의 상태를 조사했다.

"으음. 식용유랑은 다르니까 광물유일까. 그렇다면 [요리]나 [조합]에는 못 쓰겠네. 하지만 [세공]용 냉각수 대신으로는 쓸 수 있을지도. 단단함과 예리함이 필요하지 않은 은제 장비, 혹은 마법용 장비였으면 [생명의 물]로 냉각하기보다……."

중얼거리면서 입수한 소재에 대해 고찰하다가 문득 시선

을 들자, 모두가 뜨뜻미지근한 눈으로 바라보고 있었다.

"뭐, 뭐야. 내 얼굴에 뭐 묻었어?"

"아니, 생산직이구나 싶어서."

그렇게 말하는 미카즈치가 고개를 돌리자, 그 시선 앞에 선 나와 마찬가지로 [화염지대의 염열유]를 손에 넣은 오토나시와 랭글리가 있었다.

두 사람 다 방금 전의 나와 마찬가지로 열심히 고찰하고 있었다.

"어어, 뭐랄까, 미안해."

"생산직의 천성인 거지. 그보다 모처럼 여기에 왔으니까 여흥 하나라도 보여줄까."

"여흥?"

"그래, 안전을 확인하지도 않고 눈앞의 것에 사로잡히는 일이 없도록 하기 위한 교훈이지."

나는 미심쩍게 눈썹을 찌푸렸지만, 뮤우는 호기심으로 눈을 반짝였다.

우리의 반응을 본 미카즈치는 사악하게 씨익 웃더니 리젠된 마그나 베어에게 원거리 아츠를 날려서 이쪽으로 끌어들였다.

등에서 불을 내뿜는 곰. 그리고 근처에는 기름연못이 있다.

이 조합에는 엄청나게 불길한 예감이 들었다.

"세, 세이 누나……."

"그래, 그래. 다들 뒤로 물러나. ──〈아이스 실〉."

투명도 높은 얼음벽이 우리와 기름연못을 갈랐다.

그리고 그 너머에서는 미카즈치가 마그마 베어의 공격을 피하고 마그마 베어를 기름연못에 떨어뜨리듯이 넉백 효과가 있는 아츠를 날렸다.

"——GUOOOOOOOOOOO!"

그 직후 기름 안에 떨어진 마그마 베어의 불길이 기름연못의 표면을 훑듯이 번졌다.

순식간에 생겨난 화염연못에 잠긴 마그마 베어는 자기가 두른 것보다 격렬한 기름연못의 불길에 불타서 발버둥 쳤다.

"보다시피 부주의하게 기름연못에 다가가면 이럴 수도 있으니까 주의하도록."

"오옷! 그야말로 불바다네. 울트라급으로 멋지게 타버렸습니다!"

"…………."

느긋하게 그걸 바라보는 뮤우와는 대조적으로 말을 잃어버린 나.

기름연못에 잠긴 마그마 베어가 발버둥 치며 팔을 휘두를 때마다 튄 기름이 불구슬로 되어 사방으로 퍼졌다.

세이 누나가 준비한 얼음벽이 없었으면 위험한 상황이었다.

그리고 마그마 베어는 서서히 불타서 불길 속으로 가라앉다가 마지막까지 팔만 하늘로 향했다.

누군가가 넌지시 "I'll be back"이라고 말하는 것을 나는 놓치지 않았다.

쩌억 입을 벌리고 여태까지의 광경을 지켜본 우리에게 미카즈치가 말하였다.

"앞으로는 처음 보는 장소에선 안전을 확인한 뒤에 다가가라고. 그리고 저 기름 연못 안에도 [도깨비문의 열쇠]가 있지만, [팔백만]의 길드 멤버 중 누군가가 먼저 가져간 모양이군."

"저기, 저 화염은 어떻게 돼? 계속 불타는 상태?"

뮤우가 아직도 불타는 기름연못을 가리켰다.

"잠시 놔두면 꺼지니까 괜찮아. 뭐, 채취 포인트라도 자칫하면 트랩으로 변한다는 걸 간단히 가르쳐주고 싶어서 보여준 거야."

"어어, 윤, 괜찮아?"

"조금 놀라서 말이 안 나왔어."

"쇼크가 너무 셌나?"

"아니, 채취할 때의 주의사항도 알았으니까 다행이야."

걱정하는 세이 누나와 미카즈치에게 대답했지만, 당장은 움직일 수 있을 것 같지 않았다.

두 손으로 얼굴을 감싸고 굳어버린 얼굴을 문질러 풀었다.

그동안에 뤼이와 자쿠로가 다가와서 걱정하듯이 올려다보기에 푹신푹신한 몸을 만끽하며 기력을 회복했다.

"이제 괜찮아."

"그래. 조금만 더 가면 세이프티 에어리어야. 거기서 잠시 쉬기로 할까."

그리고 우리는 위쪽을 향해 계속 올라갔다.

화산 에어리어의 6분 능선 부근으로 다가가자, 하얀 연기가 올라오는 장소가 보였다.

●

작열하는 화산 안에서 거기만 이상한 공간이 만들어졌다.

주로 회복이라는 방면으로 바람직한 것이 존재하였다.

산 중턱에 있는 세이프티 에어리어에는 땅속에 묻힌 커다란 바위를 거칠게 깎아서 만든 거대한 돌 분지가 있었다.

그 안에는 산 경사면의 틈새에서 솟아난 뜨거운 물이 고인 온천이 존재했다.

옆에는 그 온천을 끌어들인 건물이 있어서 그야말로 화산지대의 비밀 온천이라는 느낌이었다.

"우와, 수증기로 새하얘. 이거 진짜로 온천이야?"

"온천 형태를 한 휴식 포인트지. 여기를 이용하면 일정시간 SPEED 스테이터스에 보정이 걸려. 건물 안은 노천온천이라서 남탕과 여탕으로 나뉘어 있으니까 마음대로 들어가도 돼."

"여기까지 온 보상으로는 기쁘군."

나는 그렇게 말하고 파란 포렴이 걸린 남탕 쪽으로 발을 옮겼지만——

[──입실금지입니다. 입실 권한을 갖고 있지 않습니다.]

"뭐?!"

"어이, 아가씨. 그쪽은 남탕이야. 여탕은 옆이지."

미카즈치는 빨간 포렴의 여탕을 가리켰지만…….

'여탕에 어떻게 들어가라고! 아니! 왜 남탕에 못 들어가는데! 나는 남자야!'

내가 속으로 소리치는 사이에 루카토 등은 즐거운 눈치로 차례로 여탕으로 들어가서 서서히 사람이 줄어들었다.

"아가씨는 안 들어가?"

"어, 어, 그게……."

아까는 들어갈 마음으로 가득했지만, 거절할 이유를 찾아서 시선 돌리다가 뤼이와 자쿠로를 보았다.

"나, 나한테는 뤼이랑 자쿠로가 있잖아! 같이 못 들어가니까 저기 물가에 발이나 담그고 기다릴게."

그렇게 말하고 온천 한구석을 가리켰다.

"그래? 뭐, 강요는 않겠어."

"그럼 윤 언니. 우리는 안쪽 온천에 들어갔다 올 테니까!"

"윤, 이따가 봐."

그렇게 말하고 여성진은 탈의실로 들어갔다.

남은 남성 플레이어들은…….

"온천에는 별로 흥미 없으니까 잠깐 몬스터를 사냥과 열쇠를 찾으러 다녀오지.", "그럼 우리는 소재 채취러나.", "우리 호위 좀 부탁해. 잠시 뒤에 돌아올 테니까."

그렇게 말하며 남탕에 들어가는 소수의 플레이어 이외에
는 휴식도 하지 않고 주위 탐색을 시작했다.

뤼이와 자쿠로와 함께 온천 앞에 남은 나는 그들을 배웅
하고, 다시금 물가 가장자리에서 뽀얗게 흐린 물에 손을 넣
어보았다.

"온도는 조금 높나?"

그렇게 말하며 나는 신발과 겉옷을 벗어 인벤토리에 넣고
물가 가장자리에 앉아서 천천히 발을 담갔다.

"아, 그렇게 깊지 않으니까 족욕에는 좋을지도. 이렇게 운
치 있는 풍경이 마음에 들어."

혼자 중얼거린 내 옆에 있던 자쿠로가 물속에 뛰어들었다.

온몸의 털로 물을 흡수하고 물가 가장자리에 고개를 돌린
채 기분 좋은 듯이 눈을 가늘게 뜨는 자쿠로는 몸만 둥둥 떠
있는 상태였다.

평소의 푹신한 털이 젖어서 스마트한 체형이 되었기에 웃
음이 나왔다.

반대로 뤼이는 태연한 얼굴로 온천물을 마셨다.

마셔도 괜찮나 하는 걱정이 들었지만 문제없는 모양이
었다.

"휴우, 기분 좋다."

족욕을 하면서 가볍게 다리를 움직여서 물을 휘저었다.

그런 다리의 움직임으로 일어난 작은 파문이 온몸을 물에
담긴 자쿠로의 몸을 선들선들 흔들었다.

"그러고 보니 저번에 달걀을 대량으로 입수했지. 온천달걀 같은 게 되려나."

온천을 뿜어내는 균열 부근에는 수증기의 양이 많아서 온도가 높겠다 싶어서 일단 물에 담갔던 다리를 빼내어 원천 부근으로 다가가 보니 증기가 뜨거웠다.

"우와! 이거라면 온천달걀도 잘 되겠는데."

나는 인벤토리에서 큼직한 광주리를 꺼내어 고원 에어리어의 코카트리스 둥지에서 입수한 코카트리스의 알을 그 안에 채워서 원천이 흘러드는 곳에 담갔다.

나중에 광주리를 회수하기 쉽도록 로프로 끌어당길 수 있게 설치했다.

그 작업을 하는 동안에 다리가 조금 식었기에 다시 뤼이와 자쿠로에게 돌아가서 다리를 담갔다.

"하아, 온천달걀 기대되네. 혼자선 다 못 먹을 테니까 다른 사람들에게도 나눠 주자."

혼자 중얼거린 말은 잠시 동안 주위에 울리다가, 물이 흘러드는 소리에 차츰 지워졌다. 그리고 조용해졌을 때에 문득 떠올랐다.

"……뮤우랑 세이 누나네는 안에서 온천하고 있겠네."

탈의실과 그 안쪽의 노천온천 내부에서는 도촬, 도청 등을 막기 위해서인지 일절 소리가 새어 나오지 않지만, 그 온천 건물——정확하게는 건물 안쪽의 노천온천에서는 다들 장비를 벗고 온천에 들어갔겠지.

"……알몸으로 들어가나?"

조용하니까 오히려 상상하게 된다.

뮤우나 루카토네 파티, 그리고 세이 누나나 미카즈치 등 [팔백만]의 여성 멤버들이 그 안에서 무방비한 모습으로 있겠거니 상상하니 조금……도 흥분되지 않았다.

"어라? 이상하네. 건전한 남자로서 여기선 조금 흥분해야……."

눈가를 누르며 생각했지만, 아무리 생각해도 뮤우와 히노가 욕조에서 장난치고 리레이는 차례로 여성진에게 바디터치를 하다가 코하쿠에게 제지당하고 그걸 보며 루카토와 세이 누나는 난처한 듯이 웃고, 토우토비는 안절부절 못하고, 그런 가운데 미카즈치는 욕조에 술을 가져가는 광경이 상상되어서 에로틱하다기보다는 시끄러운 이미지밖에 떠오르지 않았다.

이럭저럭하는 가운데 시간이 흘러서 온천의 탈의실에서 발소리가 들려왔다.

"휴우, 목욕 잘했다. 세이 언니는 어땠어?"

"조금 시끄러웠지만, 인적 없는 심야에는 괜찮겠어."

"아가씨, 기다렸지!"

나는 족욕탕에 발을 담근 채로 고개를 돌려서 일행이 온천 탈의실에서 나오는 것을 확인했다.

아직 머리칼이 촉촉하게 젖었고 더워서 그런지 옷의 가슴께를 다소 풀어놓은 모습은 평소의 모습보다도 묘하게 매력

적이기 때문에 황급히 시선을 돌렸다.

"그, 그래. 그래서 안은 어땠어?"

"넓고 기분 좋았어. 같이 들어가면 좋았을 텐데."

"머, 멍청아! 들어갈 수 있을 리 없잖아!"

뮤우가 등에 찰싹 달라붙어서 이쪽의 귓가에 속삭였기에 반사적으로 대답했다. 온천 때문인지 창피해서 그런지 모르겠지만 얼굴이 뜨거웠다.

"아하하하, 언니 얼굴 새빨개! 괜찮아. 안은 수영복 장비 착용 가능이니까. 오히려 수영복을 안 가져간 사람은 강제적으로 목욕 타월을 장비하게 되고. 아니면 야한 상상이라도 했어?"

"무, 무무무슨! 날 놀렸구나!"

"꺄아, 윤 언니가 화났다!"

이쪽을 놀리는 뮤우를 향해 나는 소리치며 화냈다. 하지만 뮤우는 뒤이어서 온천 탈의실에서 나온 루카토네 쪽으로 도망치듯이 돌아갔다.

하아, 정말이지……. 한숨을 흘리면서 나는 난폭하게 물에서 다리를 빼내고 일어섰다.

"온천에서 휴식은 했어도 만복도 회복은 안 됐겠지. 목욕하는 동안에 만들어뒀으니까 다들 먹어."

나는 그렇게 말하고 매달아뒀던 온천달걀 광주리를 끌어올려서 나와 뤼이와 자쿠로의 몫만 회수하고 나머지를 다른 이들에게 건넸다.

시험 삼아서 온천달걀을 하나 깨보니, 너무 익었는지 흰자위 부분이 딱딱했지만 노른자위는 반숙으로 되어서 딱 좋은 타이밍이었다.

코카트리스의 온천달걀 [요리]

만복도 +20%

추가 효과 : ATK +8 / 60분

　온천달걀의 아이템 스테이터스를 보면서 달걀껍질을 벗겨서 뤼이와 자쿠로에게 주었다.

　"세이, 아가씨는 우리보다도 더 여자답지 않아? 눈치도 빠르고 요리도 잘하고 싹싹하고. 뭐, [보모]라고 불리니까."

　"분명히 가사능력도 높고 눈치도 빠르니까 여자답다면…… 뭐, 그런가?"

　"나는 그보다도 공격력! 이 온천달걀 먹어서 ATK 스테이터스가 올랐어! 게다가 온천 효과로 SPEED도 상승했고! 싸움 준비는 다 됐어!"

　뒤에서 세이 누나와 미카즈치가 뭐라고 말하는 게 들려왔다.

　뮤우는 온천달걀을 든 손을 쳐들고 소리쳤다.

　[보모]라는 호칭은 좋아하지 않는다고 생각하는데, 아직도 온천에 들어간 채로 물가 가장자리에 턱을 올리고 온천달걀을 먹던 자쿠로가 주르륵 미끄러져서 균열에서 흘러드

는 물의 파문에 휩쓸렸다.

자쿠로 자신은 온천달걀도 먹었고 몸도 따듯해져서 기분 좋은 듯이 온천 위에 뜬 채로 흘러갔다.

"나 참. 자쿠로가 쓸려갔어. 회수해올게."

내가 물속에 들어가서 물살을 가르며 전진하자, 그 움직임으로 생겨난 파도로 자쿠로가 또 반대쪽으로 흘러갔다.

"아, 윤, 거기는……."

"왜? 세이 누나, 무슨——"

그리고 자쿠로를 쫓아서 온천 중앙에 도달했을 때 내 말이 끊기고 몸이 밑으로 가라앉았다.

단숨에 깊어진 온천 바닥은 머리까지 잠길 만큼 깊고, 물이 하얗게 흐려져서 앞이 전혀 보이지 않았다.

나는 이전에 물에 빠질 뻔한 경험으로 냉정하게 센스를 [수영]으로 바꾸고 주변을 더듬었다.

가파른 경사의 벽이 있고, 거기서부터 갑작스럽게 깊어지는 것을 느끼는 한편, 온천 바닥에서 뭔가 발바닥에 닿는 감촉이 있었다.

나는 물속에서 주저앉아서 그걸 줍고는 울퉁불퉁한 벽을 손으로 붙잡고 몸을 끌어올렸다.

"푸핫! 하아, 이건 뭐야?"

"언니! 괜찮아?", "윤, 무사해?", "아가씨는 무사한 모양이군."

다들 날 걱정하고 물가 가장자리에서 몸을 내밀며 이쪽을 보았다.

나는 얕은 곳까지 이동해서 하반신을 물에 담근 채로 앉았다.

그러고 보면 자쿠로는…… 하고 시선을 돌려보니, 물에 둥둥 뜬 채 흘러가던 자쿠로는 뤼이가 목덜미를 무는 형태로 물에서 건져냈기에 온천 가장자리에서 몸을 흔들어 물기를 털고 있었다.

여우는 개과의 동물이었지. 그런 식으로 아무래도 좋은 생각을 하면서 무사하다는 사실에 한숨을 내쉬었다.

그 직후에 온천에 잠겼음에도 불구하고 등에 한기를 느꼈다.

"하악하악, 미소녀가 물에 젖어서 옷이 비치는 모습이……."

"리레이. 눈 좀 돌릴까."

돌아보니 코하쿠가 리레이의 머리를 붙잡고 그대로 어딘가로 데려가는 모습이 보여서 간신히 오한이 멎었다.

길게 한숨을 내뱉고 얼굴에 달라붙은 긴 흑발을 한 손으로 걷어서 물기를 쥐어짜려다가, 깊은 구멍 바닥에서 뭔가를 주웠다는 걸 떠올렸다.

세게 쥐었던 손을 가만히 펼치자——

"어라? 윤 언니, 왜 열쇠 같은 걸 가지고 있어?"

"윤이 가진 건 [도깨비문의 열쇠] 아냐?"

"열쇠? 이게 키 아이템?"

나는 손에 쥔 적동색으로 빛나는 거친 열쇠를 여러 각도로 관찰해보았다.

"일단 선발대에게 화산 에어리어를 조사하게 했지만, 다 수색한 건 아니었겠지. 운 좋게 발견했으니, 이걸로 당장이라도 문 안에 들어갈 수 있어."

열쇠 찾기에 시간을 들일 거라고 생각했던 미카즈치는 밝은 표정이었지만, 나는 온몸이 흠뻑 젖어서 이대로는 이동할 수 없다.

시간경과로 더러움 등은 자연스럽게 사라지니까 그때까지 기다리면 되지만…….

"몇 분만 기다리면 자연히 마르는 게 게임의 신기하고도 편리한 점이지만. 자쿠로, 잠깐 부탁해."

뤼이에게 붙잡힌 채로 운반된 자쿠로에게 부탁하자, 내 의도가 통했는지 작은 불을 여러 개 만들어주었다.

같은 간격으로 만들어진 불은 나와 자쿠로를 둘러싸듯이 떠돌기 시작하여 우리 둘의 물기를 날리기 시작했다.

잠시 뒤에 나도 자쿠로도 완전히 말랐고, 발을 담그기 전에 벗었던 신발과 겉옷을 다시금 장비하여 바로 출발할 준비를 갖추었다.

내 옷차림이 원래대로 돌아온 걸 보고 코하쿠에게서 해방되어 돌아온 리레이가 다소 아쉬운 눈치였지만 무시했다.

"자쿠로는 말려줘서 고마워. 뤼이는 자쿠로를 잘 지켜봐서 고마워."

내가 두 마리를 평소처럼 쓰다듬으며 커뮤니케이션을 하

자, 루카토네 쪽에서 작은 말소리가 들려왔다.

"사역몹을 아주 사치스럽게 쓰는 걸 봤네요."

"……뭐, 윤 씨니까."

"그렇지. 윤 씨니까."

왜 그런 이유로 납득했는지 모르겠다.

그 뒤, 주변에 소재 수집을 나갔던 사람들이 돌아올 때까지 아직 시간이 있었기에 다시금 온천달걀을 만들게 되었다는 건 여담이다.

그리고 6분 능선의 온천 건물을 출발하여 8분 능선의 문 앞까지 도달했다.

"여기가 도깨비문……."

"그래. 최전선의 던전에 들어가기 위한 문이지. 자, 열쇠를."

나는 시키는 대로 올려다본 문 앞에 섰다.

문의 앞부분에 새겨진 도깨비 얼굴의 입에 있는 열쇠구멍에 [도깨비문의 열쇠]를 꽂고 돌렸다. 그러자 열쇠는 빛의 입자가 되어서 사라지고 거대한 문이 소리를 내며 열리기 시작했다.

안에서 넘쳐난 빛에 눈이 부셔서 순간 시야가 새하얗게 물들었다.

최전선 에어리어의 던전. 거기에는 어떤 악랄한 기믹의 몬스터가 있을까, 각오를 하고서 본 곳에는——

"……마을?"

통로에 늘어선 노점이나 상점, 장사하며 오가는 사람들,

순회하는 병사. 그것들이 이룬 마을은 어딘가 일본풍의 분위기를 드러내었고 분위기가 아주 좋을 듯하였다.

보통 마을과 거의 같은 설비가 갖추어진 가운데 다른 요소가 있다면 여기 주민이 NPC가 아니라 몬스터라는 점이다.

고블린 상인들이 조촐한 차림으로 가게들을 경영하고, 홉고블린 병사가 통일감 있는 장비로 순회했다. 그리고 오거 같은 장신의 인간형 몬스터가 그런 가게를 사이를 누비고 다녔다.

대략 내가 상상하는 던전의 모습과는 전혀 다른 양상을 비추었다.

"자, 너희들! 이제부터 1주일 동안 전력으로 이 최전선 화산 에어리어 던전 [도깨비의 별장]을 자유롭게 즐겨라!"

""""오옷!""""

미카즈치의 호령을 시작으로 각 파티가 문 안으로 밀려들었다. 저마다 재미있는 것을 찾으려 달려가고, 또 적을 찾으려 달려갔다.

아직 이 사태가 잘 이해되지 않은 나는 입구에 남겨졌다.

"그럼 윤 언니! 나는 루카네랑 돌 거니까!"

"그럼 실례하겠습니다."

나를 신경 쓰면서도 [팔백만]의 멤버들 뒤를 쫓는 뮤우네 파티.

세이 누나와 미카즈치는 마지막까지 남아서 아직도 혼란

스러워하는 나를 끌고 갔다.

"자, [도깨비의 별장]에 잘 왔어."

"윤, 재미있게 놀아야지."

두 사람에게 끌려서 안에 들어갔다.

조금 특이한 도깨비의 마을이 거기에 펼쳐져 있었다.

4장 도깨비의 별장과 추첨권

"하아, 차가 맛있다."

[팔백만]의 최전선 에어리어 원정이 이틀째를 맞는 가운데, 나는 던전 [도깨비의 별장]의 한구석에 있는 찻집에서 쉬고 있었다.

시대극에 나올 듯한 찻집의 앞에서 주문한 삼색경단을 먹고 녹차를 마시면서 던전 안의 광경을 천천히 살폈다.

"그렇기는 해도 설마 던전 안에 마을이 있다니. 진짜 뭐든지 다 있네."

체내에 던전을 가진 몬스터도 있다. 던전이 마을을 내포했더라도 이상하지 않다고 생각하는 건 OSO에 순응했기 때문일까.

"더군다나 도착해서 바로 전투라고는 생각 안 했어."

차를 마시면서 숨을 한 번 내뱉고, 던전 돌입 직후의 일을 떠올렸다.

세이 누나나 미카즈치와 함께 이 던전 안에 들어온 우리는 제일 먼저 포털을 개통하러 갔다.

그 과정에서 [도깨비의 별장] 출구인 뒷문을 지키는 한 쌍의 보스몹과 전투하게 되었다.

던전에 들어가, 도중에 전투 없이 출구로 직행해서 즉시 보스전이 되리라고는 생각도 안 했다.

뭐, 그 사이에 상점이 길게 늘어섰지만.

그리고 보스전에서는──

"자, 덤벼봐!"

""GOOOOOO──!""

두 마리의 인간형 몬스터가 포효를 지르며 미카즈치에게 달려들었다.

뒷문을 지키는 보스몹은 레드 오거와 블루 오거라는, HP와 MP를 공유하는 한 쌍의 보스였다.

하나는 붉은 피부를 가진 일각귀, 다른 하나는 푸른 피부에 한 쌍의 뿔을 가진 신장 2미터 이상의 건장한 도깨비.

그런 적을 상대로 혼자서 과감하게 덤비는 미카즈치. 그 뒤에는 나와 세이 누나가 지원이나 마법 등 여러 방법으로 미카즈치가 쓰러지지 않도록 서포트하였다.

"간다! 〈인챈트〉──어택, 디펜스, 스피드! 〈커스드〉── 디펜스, 마인드!"

미카즈치에게는 인챈트를, 적에게는 커스드 디버프를 걸고, 나는 차례로 화살을 날려서 원거리에서 대미지를 쌓았다.

두 마리의 보스는 스테이터스로 커스드 디버프에 저항했지만, 나는 커스드를 거듭 걸어서 그 저항을 뚫고 디버프를 거는 데에 성공했다.

"──〈아쿠아 배럿〉, 〈아이스 랜스〉!"

커스드로 마법방어가 떨어진 레드 오거에게 세이 누나의 연속마법이 꽂혀서 대량의 HP를 빼앗았다.

그리고 전위인 미카즈치는 오거 두 마리를 상대로 대난투를 벌이면서 육각곤으로 치고받다가 쳐내듯이 거리를 벌리더니 숨을 내뱉었다.

"세이! 위력이 너무 높으면 타깃이 후위로 넘어가!"

"일단 그런 건 생각하면서 공격하고 있는데. 어그로를 꽤 쌓은 모양이니까 공격에서 회복으로 전환할게."

세이 누나는 수 속성이 약점인 레드 오거에게 공격하던 것을 멈추고 미카즈치의 회복으로 전환했다.

그리고 나는 미카즈치에게 또 버프를 넣었다.

"미카즈치, 이번에는 밀리지 않게 이걸 붙여줄게! 〈엘리먼트 인챈트〉──웨폰, 아머!"

오거들의 HP가 7할 남았을 때 나는 두 손에 든 화 속성 속성석을 깨뜨려서 미카즈치의 장비품에 인챈트를 걸었다.

무기는 희미한 적색을 띠어서 휘두르면 잔광이 남았다.

방어구도 마찬가지 색을 띠며 속성 방어가 다소 올라갔다.

세이 누나가 미카즈치의 HP를 회복하고 엘리먼트 인챈트로 화 속성 대미지가 줄어들면서 레드 오거의 공격을 보다 안정적으로 방어했다.

그리고 화 속성이 약점인 블루 오거를 중점적으로 노려서 공격했다.

"〈커스드〉──어택, 디펜스!"

이미 커스드로 MIND 스테이터스를 떨어뜨린 두 오거에게 더욱 디버프를 걸었다.

내 커스드를 계속 저항하지 못하여 공격력과 방어력이 떨어진 두 오거를 상대로 미카즈치의 기세가 반비례해서 올라갔다.

"이 상태면 상태이상의 화살은 잘 통할까."

나는 커스드로 디버프 된 오거들에게 상태이상의 화살을 쏘아서 스테이터스 저항을 뚫고 상태이상에 빠뜨리는 데에 성공했다.

그래도 [마비]나 [수면], [기절] 같은 상태이상으로는 순간 움직임이 멎을 뿐이고, [독] 같은 도트 대미지는 평소보다 효과시간이 짧으며 회복도 빨랐다.

오거 두 마리가 공유하는 HP가 절반 이하로 내려갔을 때, 여태까지 쓰지 않았던 MP를 처음으로 쓰기 시작했다.

"GUOOOOOOO──"

레드 오거가 휘두르는 쇠몽둥이가 붉게 달아오르면서 화염을 띠었고, 그 쇠몽둥이를 지면에 꽂자 충격파가 미카즈치를 덮쳤다.

"큭?! 속성 방어가 있어도 위험한데!"

"──〈하이 힐〉! 미카즈치, 괜찮아?!"

세이 누나가 미카즈치를 즉각 회복시키는 한편, 내 〈간파〉 센스가 블루 오거의 움직임을 놓치지 않았다.

블루 오거의 쇠몽둥이가 서리에 휩싸여 냉기를 띠고, 그

것을 블루 오거가 지면에 처박기 전에 내 마법이 발동했다.

"——〈클레이 실드〉!"

미카즈치와 블루 오거 사이에 출현한 흙벽이 블루 오거의 발치에서 주위로 소용돌이치는 푸른색의 바람을 막았다.

흙벽은 푸른 바람이 닿은 부위부터 깎여나가다가 몇 초 사이에 파괴되어서 빛의 입자로 되돌아갔다.

하지만 그 몇 초 동안에 미카즈치가 블루 오거의 바람 범위에서 이탈할 수 있었다.

"저건 뭐야?"

"들은 대로 오거들의 공격 스킬이군."

"미카즈치. 저걸 연속으로 맞아서 큰 대미지로 인해 나타나는 [기절] 같은 거에 걸리진 마."

"그건가. 한쪽의 공격 스킬로 움직임이 멎었을 때 다른 쪽의 쇠몽둥이로 얻어맞는 건가. 미카즈치가 없어지면 나랑 세이 누나가 전면에 설 수밖에 없어."

"안심해. 그러면 곧바로 [소생약]으로 부활할 거니까. 하지만 안 죽는 게 중요하니까. 한동안은 회피 중시로 싸울까."

미카즈치와 잠시 작전을 의논하는 동안에 특수공격의 대기시간이 끝났는지, 자유롭게 움직이는 두 마리의 오거.

"세이의 마법을 중심으로 한 공격으로 부탁해. 그리고 내 [스위치]라는 외침으로 공격과 회복의 역할을 바꿔줘. 나도 그 타이밍에 공격에 들어가지."

"알았어. 그럼 시작할까."

"저기, 난 뭐 없어?"

"아가씨는 자유롭게 움직여."

"너무 대충이잖아……."

나한테 작전을 대충 지시한 미카즈치는 세이 누나와의 연대로 안정된 싸움을 보여주었다.

전위인 미카즈치가 자신의 방어기술을 구사하여 오거 두 마리의 공격을 받아 흘리다가, 적의 자세가 무너졌을 때 세이 누나가 약점 속성으로 상성이 좋은 레드 오거에게 마법을 날려서 효율적으로 대미지를 벌었다.

"――[스위치]!"

"――〈아이시클 록〉, 〈하이 힐〉."

미카즈치의 신호와 함께 세이 누나가 회복, 보조로 바뀌었다.

그리고 그동안 흘리기 중시였던 미카즈치가 방어를 버리고 화 속성 인챈트가 걸린 육각곤으로 블루 오거를 공격했다.

세이 누나가 보조로 레드 오거의 발치를 얼려서 움직임을 막는 한편, 노 가드로 타격전을 벌이는 미카즈치의 HP를 회복했다.

"자유롭게라고 해도 곤란하잖아. 뭐, 세이 누나를 따라 해볼까. ――〈매드 풀〉."

자유롭게 움직이라는 지시를 받은 나는 미카즈치와 세이 누나의 부담을 줄이기 위한 행동에 나섰다.

일단 세이 누나에게 맞추어서, 얼어붙은 레드 오거의 발치에 〈매드 풀〉을 만들어내어 움직임을 방해했다.

　다음에는 [저주]의 상태이상이 걸린 화살을 활에 메기고 오거들에게 날렸다. [저주]의 효과는 MP 감소와 운이 좋으면 랜덤의 마이너스 효과가 붙는다.

　수수한 지원이지만, MP가 없으면 특수공격은 발동할 수 없다.

　그런 보람이 있어서인지 오거 두 마리의 공유 HP가 2할 남았을 무렵에는 마찬가지로 두 마리가 공유하는 MP가 바닥을 쳤다.

　미카즈치가 상대는 공격 스킬을 발동할 수 없다고 이해하자, 승부는 단숨에 났다.

　"우아아앗──〈육련선타〉!"

　미카즈치가 순식간에 살을 후비는 듯한 강렬한 6연격을 블루 오거의 가슴에 날리고, 인챈트의 붉은빛을 남기며 날려버렸다.

　"모든 것을 얼려버려라 ──〈다이아몬드 더스트〉."

　그리고 세이 누나가 날린 마법으로 지면에서 솟구친 냉기가 단숨에 레드 오거를 감싸 주위를 얼음의 세계로 뒤바꾸었다.

　냉기의 결정이 레드 오거의 몸에 닿자, 서서히 온몸에 서리가 퍼지며 대미지를 주었다.

　그렇게 미카즈치와 세이 누나의 큰 기술이 들어가서 오거 두 마리는 동시에 무릎을 꿇고 앞으로 쓰러졌다.

"좋아! 뒷문 개통. 일단 포털에 등록하면 돌아갈 때 하산할 필요가 없어서 좋지. 게다가 들어갈 때에 열쇠를 다시 찾지 않아도 되고. 편해서 좋아."

히히히 웃는 미카즈치는 구구궁 하는 무거운 소리와 함께 열린 뒷문을 통해 밖으로 나가서 문 밖에 설치된 전이 오브젝트 포털에 등록하였다.

"세이, 아가씨, 어땠어?"

"보스는 꽤 편한 축일까? 그렇긴 해도 세이 누나랑 미카즈치가 너무 강해."

"이상하네. 분명히 선발대는 꽤나 고전했다는 이야기를 들었는데."

나와 세이 누나가 고개를 갸웃거렸다.

보통 이런 장소를 지키는 보스는 조금 더 세지 않나? 싶은 생각이 들었는데, 미카즈치는 자기 나름대로의 대답을 말해주었다.

"선발대는 생존률이나 탐색 능력이 높은 멤버로 편성했겠지. 이번에는 나 같은 전투직에 아가씨의 인챈트 버프와 디버프가 있어서 밀어버릴 수 있었던 것 아닐까?"

"그러고 보면 그럴지도. 보통 파티였으면 공격을 막으면서 조금씩 반격할 테니까."

"아니, 나로서는 격전이었던 것 같은데……."

두 사람은 나름대로의 평가를 내렸지만, 내 상상으로는

선발대 파티는 약하지 않았을 것 같다.

미카즈치와 두 마리 오거의 전투 장소를 돌아다보면, 지면이 엉망으로 파여서 그만큼 강한 보스라는 걸 알 수 있었다.

휘두르는 쇠몽둥이의 풍압도 무시무시해서 몸이 굳어버릴 정도였는데, 그런 상대와 처음 만나서 싸운 선발대에게는 경의를 표하고 싶다.

"자, 포털 등록도 끝났고, 보스 드랍템을 확인할까."

"그래. 내 드랍은 [청귀(블루 오거)의 뿔]이네. 윤은?"

"나는 [적귀(레드 오거)의 단단한 껍질]이야."

"나는 [적귀의 뿔]이다. 그렇다면 출현하는 아이템은 적귀와 청귀 각각의 뿔과 껍질이 되는군."

나는 보스 드랍이 들어온 인벤토리에서 [적귀의 단단한 껍질]을 꺼내어 확인했지만, 이건 강화소재가 아니라 일반 소재였다.

미카즈치와 세이 누나의 뿔도 구경했지만, 어느 쪽도 레어드랍이 아닌 듯했다.

"선발대의 사전정보와 맞춰보면 드랍 아이템의 종류는 네 종류인가. 많긴 하지만, 딱히 눈에 띄는 아이템이 있는 것도 아니야……. 좋아! 많이 모으기 위해서 보스를 계속 잡아볼까!"

"진짜로?!"

"자, 아가씨, 오늘 하루 종일 같이 놀아줘야겠어!"

그러면서 내 팔을 잡고 뒷문으로 돌아가는 미카즈치.

그 뒤에 리젠된 뒷문의 보스를 상대로 세 번 도전했지만 매번마다 미묘하게 전투법을 바꾸면서 보다 효율적인 보스전을 모색하였다.

때로는 내가 미끼가 되어서 뛰어다니고, 때로는 내가 메인으로 활로 공격하고, 때로는 세이 누나와 함께 마법 주체로 싸웠다.

그렇게 첫날은 보스를 계속 잡아서 드랍템 수집, 통칭 보스 마라톤을 했다.

"──그 결과가 이건가."

회상에서 현실로 돌아와서 작게 중얼거렸다.

의도하지 않게 하이스피드 레벨업을 한 전투 후의 센스 스테이터스를 바라보면서 차를 마셨다.

소지 SP 51

[활 Lv48] [장궁 Lv26] [하늘의 눈 Lv12] [준족 Lv16]

[간파 Lv20] [마도 Lv15] [부가술 Lv37] [지 속성 재능 Lv28]

[조약 Lv42] [요리인 Lv11]

대기

[연금 Lv42] [합성 Lv42] [생산의 소양 Lv44] [조교 Lv16]

[조금 Lv25] [수영 Lv15] [언어학 Lv24] [등산 Lv21]
[신체내성 Lv1] [정신내성 Lv1]

전투 계열 센스의 레벨이 올랐다.

견제를 위해 날린 공격 때문에 [장궁]과 [지 속성 재능] 센스가 오르고, 세이 누나와 함께 마법을 계속 발동하여서 마법 계열 센스도 올랐다.

미카즈치가 일부러 오거 한 마리를 내 쪽으로 유도했을 때에는 공격 회피를 위해 전력으로 도망쳐서 [준족]이 상승하였다.

직접 전투를 했을 때는 인챈트나 아이템을 사용하여 스테이터스를 올리며 간신히 버텼기 때문에 [부가술] 등의 센스가 올랐다.

그리고 하루가 지나서 돌이켜보면——

"전투를 거의 미카즈치에게 맡겼고, 파티의 머릿수가 부족하지만 평소보다 힘들지 않았을지도."

평소에는 파티 전원에게 최적의 인챈트를 선택하면서 효과가 끊어지지 않도록 계속해서 걸었지만, 미카즈치 한 명이라면 일정시간마다 인챈트를 다시 걸어주기만 할 뿐이었다.

게다가 인간형 몬스터는 예측불능의 움직임 같은 게 적고, 겉모습이 그렇게 불쾌하지 않은 것도 정신안정의 요인 중 하나였다.

"그렇긴 해도 이 던전, 너무 마음이 편하네. 죄송합니다, 차하고 만주, 그리고 경단을 꼬치에서 빼서 추가요."

"끼긱."

대답이 들리고 안에서 소매를 걷어붙인 기모노에 앞치마를 한 여성형 홉고블린인 고블리너가 급사로서 차와 만주를 가져왔다.

고블린은 연녹색 피부와 짧은 뿔, 그리고 깔쭉깔쭉한 이빨이 특징이지만, 전체적인 외모는 보통 NPC와 그리 다르지 않았다. 뤼이와 자쿠로는 새로 주문해준 삼색경단을 먹고, 그 쫀득쫀득한 식감에 고개를 갸웃거렸다. 나는 그런 뤼이와 자쿠로를 보고 마음이 풀어졌다.

이 던전의 몬스터의 커뮤니케이션 방법은 손짓발짓뿐이지만, 표정이 풍부해서 잘 응대해준다.

"하아, 차가 맛있다."

오늘 두 번째인 푸근한 혼잣말을 흘리면서 살짝 달달한 찐 만주를 한 입. 그러다가 문득 깨달았다.

"안 되지, 안 돼. 이대로 여기에 물들어버리겠어. 이렇게 무시무시한 던전이."

나는 최전선 에어리어를 철저하게 즐긴다는 본래 목적을 떠올렸다.

나는 머리를 흔들어서 자꾸만 남는 미련을 떨치고, 급사인 고블리너에게 계산을 부탁했다.

"죄송합니다! 만주 포장과 계산 부탁합니다."

"끼긱."

계산을 마치고 찻집에서 만주와 정체 모를 녹색 종잇조각을 하나 받아서 정처 없이 던전 안을 방황했다.

나는 걸으면서 포장해온 만주를 뤼이와 자쿠로와 나눠 먹으면서 뭔가 재미있는 게 없는지 찾아 다녔다.

●

던전 안의 구조는 정면의 문에서 뒷문까지의 큰 길이 있고, 그와 평행으로 뻗은 가는 길이 좌우로 세 개씩 있었다.

각 길의 끝은 한 통로로 이어지기 때문에, 던전 전체를 위에서 보면 사다리를 눕혀놓은 듯한 형태였다.

이런 사다리 모양으로 전개된 [도깨비의 별장]의 일곱 개의 길에는 정면에서 볼 때 오른쪽 끝부터 순서대로 번호가 매겨졌고 각각의 역할이 있었다.

제일 오른쪽에 있는 1번 도로는 일본식 건물이 늘어서서 플레이어에게 홈의 판매와 대여가 이루어졌다. 던전의 주택가라는 포지션이겠지.

지금은 플레이어가 적기 때문에 조용한 인상을 주는 장소였다.

반대로 제일 왼쪽에 있는 7번 도로와 그 다음 6번 도로는 이 던전 중에서 몬스터들이 유일하게 전투를 걸어오는 장소다.

왠지 모르게 뒷골목처럼 어둑어둑한 이 두 길에는 1번부터 5번에서는 안 파는 아이템도 파는 한편으로 깡패 고블린이나 무장한 홉고블린이나 오거 등이 나타나서 공격해 온다.

참고로 전투 개시의 플래그는 상대와 눈이 마주칠 때라는 소리를 처음 들었을 때에는 속으로 '무슨 불량배야?' 싶었는데, 6번과 7번 도로는 몬스터 마을의 외곽이라는 위치일지도 모르겠다.

그리고 내가 지금 걷는 곳은 4번 도로이다.

"뭐 없나? 가능하면 뮤우랑 세이 누나한테 선물할 액세서리의 강화 소재가 필요한데."

그렇게 중얼거리며 찾았지만, 어느 가게도 강화소재는 없고 뭔지 모를 공예품이나 선물 같은 것이 많이 보였다.

"오, 이 고기만두 세트. 레티아한테 줄 선물로 좋을지도. 저쪽은 광물을 파는 가게인가. 이 산에서 채굴된 광물일지도 모르겠네."

음식 아이템은 레티아네에게 줄 선물로 구입했고, 화산지대의 광석 아이템은 마기 씨에게 줄 선물로 삼았다. 기타 적당히 쓸 만한 소재 아이템을 리리와 에밀리용으로 샀다.

"소재는 조금 비싼가. 뭐, 여기의 바깥 환경에서 소재 아이템을 수집하긴 어렵겠지."

본디 광석 아이템 등은 자력으로 모을 수 있지만, 이 던전의 바깥 환경은 가혹해서 나 혼자선 힘들 테니까 여기 가게에서 살 수 있는 양만큼 구입하였다.

마지막으로 클로드용 선물로 찾은 것은 관광지에 있을 법한 나무 조각품이었다.

"마그마 베어의 나뭇조각이라니 묘하게 약동감이 있네…….
내가 쓸 걸로 하나 더 사야지."

결국 [마그마 베어]를 두 개 구입하고 또 소재를 찾아다녔다.

가게 하나에서는 그리 많은 아이템을 취급하는 게 아니고 여러 가게에서 다루는 아이템이 겹치는 가운데, 미묘한 가격 차이로 일희일비하면서 물건을 계속 샀다.

그런 가운데 흥미를 끄는 아이템을 발견했다.

"오, 화산 에어리어의 채취 아이템도 파네."

불모의 화산 에어리어에도 분명히 식물이 열매를 맺는 것에 감동하면서 그 아이템을 보았다.

"[카르코코의 열매]라고 하나. 왠지 흙이 묻은 채인데……."

[카르코코의 열매]는 빨간색 감자처럼 생겨서, 감자와 마찬가지로 땅속에서 열매를 맺는 모양이다.

시험 삼아서 [카르코코의 열매]를 구입해서 [연금] 센스의 〈물질 변환〉 스킬을 선택했지만, 메뉴에서는 변화가 이루어지지 않는다고 나왔다.

감자처럼 싹이 있으니까 씨감자처럼 그대로 땅에 묻으면 [아트리엘]의 밭에서 기를 수 있을지도 모른다.

몇 개 확보해서 일단 농부 NPC에게 재배방법을 물어봐야겠다.

그 외에도 [아트리엘]의 밭에 심었던 당근 비슷한 [활력수의 열매]도 있었고 낯익은 소재가 있어서 조금 마음이 놓였다.

"이 아이템을 10만 G에 살게!"

"음? 이 목소리는 뮤우?"

낯익은 목소리가 인파 많은 장소에서 들리기에 주위를 둘러보니, 조금 떨어진 곳에서 NPC 고블린 상인을 상대로 뭔가 하는 뮤우네 파티가 보였다.

"이 아이템은 13만 G에!"

"끼긱, 기긱."

머리에 천을 두른 매부리코의 고블린 상인은 멋진 몸놀림으로 고개를 내저어 거부의사를 보였다.

"그럼 14만! 아니 15만!"

"기긱, 기긱."

뮤우는 눈앞에 착착 파란 종이를 쌓았지만, 아무리 가격을 올려도 마찬가지로 고개를 내저으며 팔로 커다란 X 모양을 만드는 고블린 상인.

평소에 평원에 나와서 싸우는 고블린보다 깔끔하고 코미컬한 움직임을 하기 때문에 못생긴 외모와 함께 묘하게 귀여운 느낌을 받았다.

"우우! 왜 안 파는데?!"

내가 조용히 그 모습을 관찰하고 있자, 탐나는 아이템을 못 사는 바람에 뮤우가 발을 동동 굴렀다.

"뮤우. 잠깐 물러나. 내가 해볼게."

그런 뮤우의 어깨에 손을 올린 코하쿠가 한 발 앞으로 나섰다.

"자, 물물교환을 시작할까. 내가 내놓는 아이템이랑 뭘 교환할 수 있는지 가르쳐줘."

코하쿠는 그렇게 말하더니 도중에 입수한 몬스터의 드랍템을 시작으로 광석, 포션 아이템 등을 하나씩 꺼내어 교환되는 아이템의 등급을 확인하였다.

[하늘의 눈]으로 떨어진 장소에서 잠시 엿본 아이템의 교환 등급은 이 화산 에어리어에서 멀리 떨어진 장소의 것일수록 가치가 높아지는 경향인 듯하였다.

설령 NPC가 같은 가격으로 파는 소재라도 화산 에어리어에서 멀리 떨어진 곳의 아이템이면 가격을 더 쳐줬다.

그리고 코하쿠는──

"그럼 뮤우가 원하는 거랑 이거랑 이거. 그리고 가격을 맞추게 이것도 포함한 교환이면 어때?"

"끼긱."

고블린 상인이 교섭 성립의 긍정으로 고개를 끄덕였다.

"와아! 코하쿠, 고마워!"

"뮤우는 너무 짜게 굴었어. 옆의 간판에 물물교환 그림이 있잖아."

뮤우네 파티의 뒤에 있어서 못 봤는데, 코하쿠가 가리키는 곳에는 칠판 좌우에 각각 고기와 야채 그림, 그 한가운

데에 교환을 의미하는 쌍방향의 화살표가 하얀 분필로 그려져 있었다.

"에헤헤……. 하지만 왜 필요 없는 것도 교환했어?"

"그건 어딘가 써먹을 수 있을 듯해서…… 음? 윤 씨잖아."

물물교환이 끝나고 고개를 든 코하쿠가 나를 발견하여 말했다.

몰래 지켜볼 셈이었는데, 들켜버렸으면 어쩔 수 없다 싶어서 뮤우네 쪽으로 다가갔다.

"언니? 언제부터 보고 있었어?"

"어어, 뮤우가 "10만 G"라고 말하던 때부터? 보이고 싶지 않을까 싶어서…… 왠지 미안."

"조금 더 일찍 말을 걸어! 하나도 신경 안 쓰는데!"

뮤우와 코하쿠는 물물교환으로 입수한 아이템을 받으면서 다음에는 어디로 갈지 떠들었다.

다들 손에는 무슨 음식을 들었고, 그걸 먹으며 걷는 모습에서 전원이 즐기고 있다는 게 느껴졌다.

"저기, 언니도 같이 안 돌래? 다음에는 2번 도로 쪽으로 갈까 해! 다들 괜찮지?"

"딱히 상관없습니다."

루카토를 중심으로 내 동행은 문제없다고 해주었다.

나는 아직 2번 도로 쪽으로 안 갔기에 좋은 기회구나 싶어서 뮤우의 제안에 따르기로 했다.

"그럼 고맙게 받아들일까."

"와아! 그럼 언니, 얼른 가자!"

"그래! 윤 씨를 바로 데려가자! 운 좋은 사람의 운을 빌리는 거야!"

"나는 그렇게 운이 좋지도 않아. 그보다 운이 좋다는 게 무슨 소리야?"

내 말을 무시하고 뮤우와 히노가 각자 내 손을 한쪽씩 붙잡아서 끌고 갔다.

도와줘! 그렇게 뤼이와 자쿠로, 루카토 등에게 시선을 보냈지만, 다들 흐뭇하게 바라볼 뿐이었다.

나는 평소처럼 한 차례 투덜거렸지만, 그렇게 싫지도 않다고 느끼면서 두 사람에게 이끌려서 2번 도로로 향했다.

"저기, 뮤우. 난 2번 도로에는 들어간 적 없는 뭐가 있는지 가르쳐주겠어?"

"2번 도로에서 제일 중요한 건 바로——추첨권이야! 언니는 던전 안에서 녹색 종이 못 받았어?"

"어, 몇 장 받았어. 이거 말이야?"

나는 던전 안에서 물건을 살 때마다 받은 정체 모를 녹색 종이 하나를 꺼냈다.

"그래, 그거. 그걸 세 장 모으면 제비를 한 번 뽑을 수 있어."

"헤에, 그런가. ……어라? 그러고 보면 아까 뮤우가 고블린 상인에게 제시했던 파란 종이는 뭐지?"

"아, 그건 이 던전 안에서만 쓸 수 있는 상품권이야. 잠깐 있어봐."

그렇게 말하며 뮤우가 꺼낸 것은 적색, 청색, 녹색의 세 종류의 종이였다.

"빨간색이 아레나 도전권, 파란색이 상품권, 그리고 녹색이 추첨권이야."

"나는 빨강하고 파랑은 못 봤는데, 어디서 입수했어?"

"7번 도로의 불량배들이 드랍해."

"어?! 설마……."

"아니, 어제 물건 좀 사다가 잘못해서 7번 도로로 들어갔거든. 느닷없이 공격해 오길래 되려 밟아줬더니 템 대신 이 세 장을 랜덤으로 드랍했어. 하지만 위험한 장소니까 언니는 가까이 가면 안 돼!"

"그 말을 들었으니 절대로 안 갈 테니까. 그보다 설마 아까 대량으로 있던 상품권은……."

"이야, 해치우면 잔뜩 드랍하는 걸 알았으니까 고블린들에게 차례로 싸움을 걸었어!"

"그만둬! 불쌍하잖아!"

의기양양하게 말하는 뮤우를 보며 나는 돈을 뜯어내려던 고블린들이 오히려 아이템을 뜯기는 모습을 상상하고 소리쳤다.

뮤우의 말을 들으면서도 석연치 않은 기분인 채로 나는 내가 가진 추첨권 개수를 헤아렸다.

"……열네 장인가."

거기서 뮤우가 또 각 종이의 효과를 가르쳐주었다.

"그럼 설명할까. 빨간색인 아레나 도전권은 열 장 모으면 5번 도로에 있는 아레나의 연속 배틀에 도전할 수 있어. 다만 제일 드랍률이 낮았으니까 나도 아직 다 못 모았어. 1주일 이내에 다 모을 수 있으려나?"

그렇게 말하는 뮤우를 대신해서 히노가 파란색을 설명해 주었다.

"파란색은 상품권. 뭐, 알겠지만 던전 내부 한정으로 이 종이에 적힌 액수와 같은 액수의 돈으로 쓸 수 있어. 뭐, 아까처럼 물물교환인 가게에서는 못 쓰지만."

마지막으로 녹색인 상품권의 설명은 코하쿠가 하였다.

"녹색인 추첨권은 아까도 뮤우가 설명했다시피 2번 도로에 있는 추첨소에서 세 장으로 한 번 뽑는 거야. 그 결과로 손에 들어오는 아이템이 변하는 모양이고. 물건을 사서 추첨권을 모은 뒤니까 시험 삼아 가볼까 하는 이야기를 하고 있었어."

세 장으로 한 번이라면 나는 네 번 도전할 수 있다.

"뭐, 공짜로 아이템이 손에 들어온다면 가볼까."

"그렇지? 레어한 아이템이 들어올지도 모른다고 생각하니 두근거려!"

나는 어차피 꽝을 뽑을 거라고 속으로 생각하는 사이에 2번 도로의 추첨소가 멀찍이서 보였다.

팔각형의 회전식 추첨기 모양을 한 간판이 눈에 띄게 내걸린 추첨소에는 추첨기가 여러 대 준비되어 있었다.

추첨기의 손잡이를 돌리면 안에서 나오는 구슬의 색깔에 따라 경품 아이템이 바뀌는 모양이다.

경품으로 내걸린 아이템은 못 뽑으리란 걸 알면서도 보고 있기만 해도 두근거리는 바가 있었다.

특등은 여름의 캠프 이벤트의 입상 상품 중 하나인 [특수한 홈의 증설권]이었다. 그 아래인 1등과 2등이 유니크 장비였다.

1등인 장비는 [파마의 검 — 파왕]이라는 그레이트 소드로 분류되는 대검.

2등인 장비는 [죄업] 시리즈라고 이름 붙은 무기로, 당첨자가 가진 센스와 같은 무기가 뽑히는 듯했다. 공격력은 1등인 대검을 능가하지만, 그만큼 디메리트 효과가 있었다.

그것은 [죄업을 쌓은 자]라는 다소 중2병틱한 이름의 추가효과였다. 이 추가효과는 그 무기로 적을 하나 쓰러뜨릴 때마다 항상 [획득 경험치]가 1퍼센트 마이너스된다는 것이었다.

일단 각 경품이 당첨될 확률도 표시되었지만, 특등부터 2등까지의 확률은 눈에 띄게 낮아서 특등이 0.01퍼센트. 1등과 2등이 0.1퍼센트라고 표시되었다.

"특등이 되려면 확률적으로 추첨권이 3만 장 필요한가. 괜찮아?"

"느긋하게 할 거 아냐? 1등과 2등의 확률도 양심적이야."

"야, 양심적이야?"

"그래! 드랍 확률 1퍼센트에 출현빈도가 낮은 보스몹을 노리는 것보다 나아!"

나은가? 나는 고개를 갸웃거렸다. 어느 쪽도 고행인 것 같은데.

1등과 2등 중 아무거나라고 해도 0.2퍼센트로, 추첨권으로 환산하면 1500장 필요하다.

하지만 그렇게까지 확률이 제한되었기에 다들 욕심 가득한 눈으로 디스플레이를 바라보았다.

"우아아앗! 지인에게 돈을 빌리면서까지 추첨권을 긁어모았는데도 안 됐어!"

"제길! 난수 조정이다! 시스템이 예측도 하지 않은 이상한 움직임을 하면 분명 추첨 데이터가 변해서 잘 나올 거야!"

"분명 이 추첨기에는 당첨이 없어. 그럼 옆의 기계로, 아니, 저쪽 기계로."

다른 추첨기에서는 좋은 아이템을 노리는 플레이어들이 추첨기 앞에서 무릎을 꿇고 소리치거나 이상한 춤을 추거나 여러 추첨기 사이를 왔다갔다 이동하거나 하는 등 이상한 행동을 하였다.

"저건 뭐야……."

"아, 신경 쓰면 안 돼. 그보다 윤 언니. 우리도 얼른 뽑자."

뮤우에게 이끌려서 나는 제일 사람이 적은 추첨기 앞으로 이동했다.

“추첨은 특등에, 1등부터 9등까지 총 열 종류인가. 다들 몇 번 돌릴 수 있어?”

내가 돌아보며 묻자, 각자 손가락을 들어서 횟수를 가르쳐주었다.

뮤우가 다섯 번에 루카토와 토우토비가 세 번, 히노와 코하쿠, 리레이가 네 번 할 수 있는 모양이었다.

“그럼 시작은 나야. 윤 언니의 운을 빌려서 좋은 걸 뽑을 수 있도록.”

“내 운이란 게 뭔데. 아니, 달라붙지 마!”

“하지만 윤 언니는 이래저래 운이 좋으니까.”

“나한테 운이 있다면 그건 악운뿐이야!”

나한테 달라붙은 뮤우에게 말해봤자 들은 척도 않던 뮤우는 다음으로 뤼이와 그 등에 탄 자쿠로를 한꺼번에 꾸욱 끌어안았다.

“그럼 윤 언니의 파워를 충전했으니까 간다!”

“그래, 그래, 얼른 가봐라.”

“으랴아아아압.”

기합을 넣고 추첨기 손잡이를 돌리기 시작하는 뮤우. 전원이 마른침을 삼키며 지켜보는 가운데 처음에 나온 구슬 색깔은——

“——흰색!”

추첨소 안에 내걸린 보드에서 대응하는 색깔을 확인하자 흰색은 9등인 사탕이었다. 현실로 따지자면 포켓티슈 정도다.

"으음! 한 번 더!"

"너무 열 내지 마라."

내가 주의를 주었지만, 다시금 기세 좋게 추첨기를 돌려서 두 번째와 세 번째도 흰색을, 네 번째에서 8등은 검정, MP포션을 뽑았다.

"으그그그! 마지막 한 번!"

"뮤우, 힘내세요!"

"괜찮아, 뮤우라면 할 수 있어!"

"추첨에 힘내는 게 있나?"

내가 고개를 갸웃거리면서 뮤우의 다섯 번째 추첨을 지켜보는 가운데——

"——금색이 아니라 황색이다, 이거! 잘못 봤어! 헷갈리네!"

"하지만 4등인 황색도 나쁘지는 않잖아?"

색깔이 비슷해서 특등으로 잘못 보았던 뮤우는 황색이란 걸 깨닫자 혼자 낙담했다가 곧 부활했다.

"으음, 뭐, 그래도 괜찮은 편이겠고, 표시된 확률을 보면 언니의 운이 있었다고 생각해야 하나……."

"뮤우. 끝났으면 아이템 받아야지."

"아?! 그랬다!"

뮤우는 곧바로 추첨기 앞에서 이동하여 추첨소의 홉고블

린에게 아이템을 받았다. 9등과 8등은 경품이 정해져있지만, 4등은 몇 종류의 아이템 중에서 고르는 것인지 뮤우가 고민하는 사이에 다른 이들도 줄을 서기 시작했다.

"그래서…… 왜 나한테 비는데?"

"어? 아뇨, 뮤우가 확률 3퍼센트의 4등을 뽑았으니까 나도 조금 운이 붙을까 하고."

"뮤우가 4등을 뽑을 줄 몰랐으니까. 이런 건 꽤 확률이 낮으니까 나도 조금이라도 확률을 올리고 싶어."

"……저는 그냥 하는 거에요……."

쓴웃음을 짓는 루카토, 얼버무리듯이 웃는 히노, 계속 내게서 시선을 돌리는 토우토비를 새된 눈으로 보았지만, 평소처럼 곧 한숨을 내뱉으며 용서했다.

"후후후, 윤 씨의 운을 온몸 구석구석까지 돌리기 위해서는 포옹만으로는 부족하겠네요."

"자, 리레이. 됐으니까 돌리러 가자. 윤 씨한테 폐 끼치지 말고."

이쪽을 향해 수상쩍게 움직이는 손을 뻗으려던 리레이를 추첨기 앞으로 끌고 가서 세우는 코하쿠.

그리고 다섯 명이 차례로 추첨기를 돌린 결과 대개 8등이나 9등이었고, 코하쿠가 6등, 리레이가 5등을 뽑았다.

"뭐야, 6등은 세 종류의 티켓 중에서 하나 선택인가. 손해본 기분이네. 추첨권 세 장을 써서 한 장이라니. 이래선 8등인 MP포션이 낫겠네."

"코하쿠, 고를 거면 드랍률이 제일 낮은 아레나 티켓으로 교환하면 되지 않을까요? 뭐, 내 5등인 [홉고블린 은화]는 뭐에 쓰는 건지 알 수 없지만요."

그렇게 말하며 홉고블린의 옆얼굴이 새겨진 은화를 손가락을 튕겼다 잡는 걸 반복하는 리레이.

랜덤으로 나오는 몇 종류의 동전 중 하나인 모양이다.

나로서는 전부 다 모아선 케이스에 넣어서 장식하고 싶은 욕구가 있기에 조금 부러웠다.

"그래서 뮤우는 어떻게 됐어?"

"우웁? 머아?"

"벌써 사탕을 먹고 있고……. 그러고 보면 4등은 뭘 입수했어?"

뮤우는 내 질문에 대답하려고 입에 넣었던 사탕을 와득와득 씹었다.

"세 종류의 소재 중에서 고르는 거야! 나는 [외눈박이 거인의 골풀무 강철]이란 소재를 골랐어. 보통 것보다 조금 레어할지도."

그렇게 말하며 표면에 부글부글 기포가 튄 것처럼 자잘하게 파인 금속 덩어리를 보여주었다.

다른 두 종류는 [불쥐의 가죽옷]이나 [봉래옥의 가지]처럼, 여기서밖에 입수할 수 없는 소재가 있었다.

"자, 마지막은 윤 언니야! 여기선 모두보다 좋은 걸 뽑아야지!"

"말도 안 되는 소리!"

뮤우에게 떠밀려서 추첨기 앞에 선 나. 눈앞의 홉고블린 점주에게 4회분인 추첨권 열두 장을 건네고 막 돌리려는 참에 뤼이와 자쿠로가 내 옆에 왔다.

"……한 번씩 돌려볼래?"

뤼이와 자쿠로는 동시에 고개를 끄덕였고, 나는 두 마리에게 먼저 시켜보기로 했다. 그렇다고 해도 자쿠로는 몸이 작아서 잘 못 돌리니까, 내가 껴안고 추첨기를 돌리는 손잡이에 앞다리를 얹어주었다.

그리고 다리를 천천히 아래로 내리자 자그락자그락 하고 팔각형의 추첨기가 돌기 시작하다가 곧 달그락 하고 구슬을 뱉었다.

"흰색인가. 꽝이네……. 다음은 뤼이……. 아니, 너도 그런가……."

뤼이도 자랑하는 뿔을 손잡이에 대고 누르듯이 돌렸지만, 곧 흰색 구슬이 나왔다. 하지만 결과를 보고 두 마리 다 만족한 눈치였다. 뤼이와 자쿠로는 9등인 사탕을 홉고블린에게 받아서 얼른 입 안에 넣더니 눈을 가늘게 뜨며 기쁜 듯이 먹기 시작했다.

"나 참. 식욕이 우선인가. 그럼 나머지 두 번인가."

추첨은 앞으로 두 번 남았다. 나는 어차피 안 뽑힐 거라는 마음으로 손잡이를 돌리기 시작했다.

자그락자그락자그락, 추첨기 안의 구슬이 섞이면서 부딪

치는 소리를 들으면서 툭 하고 튀어나온 구슬을 기대 않고 보았다.

"어어, 색깔은…… 청색인가."

그렇게 중얼거린 순간 추첨소의 홉고블린이 다부진 얼굴로 웃음을 지으며 쇠방울을 울렸다.

딸랑, 딸랑 하는 방울소리에 흠칫! 몸이 반응하였고, 또 갑작스러운 방울 소리에 주위가 무슨 일인가 하고 이쪽을 바라보느라 창피해지기도 했다.

"음, 3등을 뽑다니! 부러워!"

"3등 경품은 강화소재인 [마귀정]인가요. 추가효과는 경품의 설명에 적혀있지요."

뮤우와 루카토의 목소리에 돌아보니, 전원이 선망의 시선으로 이쪽을 보는 바람에 다소 분위기가 어색해져서 바로 네 번째를 뽑았다. 설마 여기서 또 좋은 경품이 나와서 괜히 더 주목받는 게 아닐까 불안해하는 가운데 하얀 구슬이 나와서 다소 안도하였다.

그리고 홉고블린에게 받은 3등 경품은 마치 내부에 용암이 솟구치듯이 천천히 빨갛게 깜빡이는 결정이었다.

경화소재 [마귀정]의 추가효과는 [마법상승(소)]다. 이건 센스 [마법상승]의 효과 추가판이고, 마법 계열 스테이터스를 향상시키는 효과를 가졌다.

"좋겠다, 좋겠다. 레어 소재다. 언니, 부러워."

"뮤우도 레어 소재를 얻었잖아."

"그것만 가지곤 작은 나이프 정도밖에 못 만들어! 한 손 검 사이즈면 두 개는 더 필요해!"

"그렇게 생각하면 까마득하군."

나는 그렇게 중얼거리고 3등 경품인 강화소재 [마귀정]을 인벤토리에 갈무리했다.

이 강화소재라면 뮤우나 세이 누나에게 줄 선물용 액세서리에 사용하도 좋을지도 모르겠다고 생각하면서 9등상인 사탕을 입에 넣자 잡맛이 있으면서도 부드러운 단맛이 입안에 퍼졌다.

내가 추첨을 네 번 끝내고 루카토네를 돌아보자, 역시나 운이 있다고 말하면서 전원이 날 붙잡았다.

그리고 더 하고 싶다고 떠드는 뮤우는 파티원들의 남은 추첨권을 모아서 다시금 추첨을 하러 갔다.

나의 나머지 두 장도 뮤우에게 줘서 총 세 번 뽑을 수 있게 되어 아까 운이 좋았던 뮤우, 코하쿠, 리레이가 각각 한 번씩 뽑게 되었다.

"좋아, 이번에는 더 위를 노리자!"

"그렇게 간단히는 안 될 것 같지만, 뭐, 뽑히면 대박이지."

"그렇다고 하면서 남몰래 기대하는 코하쿠였습니다, 후후후."

"리레이, 이상한 나레이션 넣지 마!"

아무래도 뽑을 때까지 시간이 걸린 듯한 세 사람에게서 조금 떨어져서 바라보고 있을 때 루카토가 말을 걸어왔다.

"추첨권을 두 장이나 받아가도 괜찮나요? 한 장만 더 있으면 또 뽑을 수 있었잖아요."

"됐어. 어차피 두 장으로는 아무것도 못 하고, 게다가 갖고 있다간 잊어버릴 것 같고."

그렇게 말하고 내가 손을 살랑살랑 흔들다가 뒤쪽에서 인기척을 느끼고 돌아보았다.

"그거 부러울 따름이군. 우리도 조금 더 일찍 오면 받을 수 있었을 텐데."

"미카즈치. 그리고 세이 누나."

돌아본 곳에는 미카즈치와 세이 누나가 있었다.

"아까 방울소리를 들었어. 아가씨가 3등을 뽑았다는 모양이던데. 현실적인 확률로 제일 좋은 아이템을 뽑다니 운이 좋아. 어디, 우리도 모아둔 이 추첨권을 써볼까!"

미카즈치가 추첨권 다발을 추첨소의 홉고블린의 앞에 턱 내려놓자, 홉고블린이 다급히 개수를 헤아리기 시작했다.

"세이 누나는 안 해도 돼?"

"저기, 나는 운이 없으니까, 해도 어차피 사탕밖에 안 나올 거 같아서 미카즈치한테 다 줬어."

그렇게 말하며 다소 애수 어린 모습을 보이는 세이 누나.

아니, 세이 누나는 운이 없는 게 아니라 그저 자기가 원하는 게 잘 안 뽑힐 뿐이지, 레어한 아이템은 제법 얻는다고 속으로 위로했다.

"됐어. 미카즈치가 가진 추첨권 중 절반은 내 거니까, 미카즈치가 원하는 것 말고는 나눠 받기로 했어."

"그럼 미카즈치가 원하는 건──"

추첨소 쪽의 분위기가 날카롭게 변한 듯하여서 돌아보니, 홉고블린이 추첨권을 다 세고 미카즈치가 추첨기의 손잡이를 움켜쥐었다.

표정은 진지함을 띠었고 미카즈치의 등에서 오라가 나오는 듯한 환각이 보였다.

그리고 미카즈치는 기합을 넣어서 돌리기 시작했다.

"──목표는 7등! 나와라!"

꽤나 목표가 낮다고 생각하면서 보니 계속해서 추첨기를 돌려서 구슬을 뽑았다.

미카즈치의 모습은 그야말로 시행회수의 귀신이라고 할 수 있었다.

원하는 아이템이 나올 때까지 계속 돌린다고 말하는 듯한 분위기에 추첨의 두근거리는 긴장과는 전혀 다른 긴장이 일었다.

그리고 미카즈치와 세이 누나의 2인분 추첨권을 다 돌린 결과는──

"33번 돌려서 7등이 5개인가. 뭐, 그럭저럭인가? 하지만 잘 안 모이는 아레나 티켓을 6등으로 모은 건 다행일지도."

미카즈치는 그렇게 말하고 봉지 하나 가득한 흑사탕과 8등의 MP포션, 5등의 동전 몇 개, 4등의 생산소재 두 개를 들고 세이 누나에게 돌아왔다.

"자, 이건 전부 세이한테 줄게."

"어? 반반으로 안 나눠도 돼?"

"됐어. 게다가 4등의 소재인 [봉래옥의 가지]가 필요했지?"

"응. 하지만 두 개만 있으면 지팡이를 만들기에는 부족하네. 하나만 더 있으면 만들 수 있지만……. 뭐, 나도 다음부터는 돌려봐야지."

미카즈치는 입수한 아이템의 태반을 세이 누나에게 건네고 가벼워진 모습으로 내 쪽으로 다가왔다.

"자, 마침 아가씨도 있으니 잠시 장소를 바꿔서 이야기를 해볼까."

"왠지 미카즈치가 이야기를 해보자고 하면 무서운데……. 나한테 뭘 시키려는 거야?"

그것도 본인은 경계심을 풀려고 웃으면서 하는 말이겠지만, 이쪽으로서는 사자가 이빨을 가는 걸로밖에 보이지 않는다.

다소 위험한 느낌이 들어서 한 발 물러났다.

"그렇게 겁먹지 않아도 되잖아? 무심코 괴롭히고 싶어지는데."

"히익!"

순간 시커먼 웃음을 보인 미카즈치 앞에서 빳빳한 비명을 지르는 나.

그리고 이런 상황을 박살내는 소리가 내 뒤에서 울렸다.

"미카즈치 씨! 잠깐 스토오오옵!"

태클하듯이 내 오른팔에 안겨드는 뮤우. 평소에는 주의를 주지만, 이 상황에서는 오히려 자리의 분위기를 흐트러뜨렸기에 안도했다.

"윤 언니는 지금 우리 거니까 멋대로 데려가려고 하지 마요!"

"뮤우, 나는 소유물이 아니니까!"

뮤우가 껴안은 팔에 힘을 주면서 안 준다고 온몸으로 표현하지만……

"어차, 아까 추첨에서 교환한 아레나 티켓이 딱 한 장 남았군. 나는 이미 열 장 모았으니까 도전할 수 있지만, 남은 이 티켓은 어떻게 할까?"

미카즈치가 손가락 사이에 끼워서 살랑살랑 흔드는 빨간 종이를 보고 내 등을 밀어서 미카즈치 쪽으로 보내는 뮤우.

"예! 윤 언니를 부디 데려가세요! 그리고 마음껏 써먹으세요!"

"태세 변환이 빨라! 아니, 매수당했다!"

그리고 나는 도망칠 수도 없게 미카즈치에게 어깨를 붙잡히는 바람에 긴장으로 몸이 굳었다. 세이 누나는 눈썹을 늘어뜨리고 미안하다고 말하며 나와 뮤우를 근처의 찻집으로 안내했다.

"아가씨도, 뮤우네도 마음대로 주문해도 돼! 내 상품권으로 전부 낼 테니까!"

"와아! 미카즈치 씨, 통이 커!"

"뮤우, 여성에게 그런 말은 실례입니다."

루카토는 슬쩍 뮤우에게 귀엣말을 했지만, 미카즈치가 웃으면서 다 들린다고 말하며 파티원 사이에 긴장감이 일고 메마른 웃음소리가 흘러나왔다.

그 미묘한 분위기를 털어내듯이 단 음식을 주문하는 한편, 미카즈치와 세이 누나와 마주 보며 앉았다. 나는 무슨 귀찮은 일이 떨어질까 생각하며 긴장하였다.

"그렇게 경계할 것 없어. 나는 아가씨에게 생산직으로서 의뢰를 하고 싶을 뿐이야."

"부탁을 하고 싶거든 아가씨란 말은 그만둬. 그래서 나한테 뭘 시키려고?"

미카즈치는 어떤 아이템을 테이블 위에 놓았다. 그것은 방금 전의 추첨으로 입수한 아이템이었다.

"——추첨소의 7등 경품 [옐로우포션]. 이걸 만들어줬으면 해. 그것도 며칠 내로."

5장 옐로우포션과 아레나

"갑자기 만들어달라고 해도 말이지. 게다가 원정 기간 도중에 말이야. 뭐, 일단 입수한 소재를 조사하기 위해 길드 쪽에 들를 생각이지만······."

찻집에서 미카즈치에게 부탁받은 것은 아이템의 제작이었다.

갑작스러운 일이라 혼란스러워서 머리를 식히기 위해 차가운 차를 주문했지만, 지금 생각하면 모처럼 이런 곳에 왔고 미카즈치가 쏘는 거였으니까 단팥죽이라도 시키면 좋았을 걸 하는 작은 후회를 느끼면서 한숨을 내뱉었다.

"그렇긴 해도 [옐로우포션]이라."

미카즈치에게 부탁받은 걸 떠올렸다.

"──추첨소의 7등 경품 [옐로우포션]. 이걸 만들어줬으면 해. 그것도 며칠 내로."

그렇게 말하며 꺼낸 아이템은 노란색 액체가 든 포션병이었다.

"이건?"

"여기 [도깨비의 별장] 내부의 약국에서 구입, 혹은 추첨의 7등 경품으로 입수하는 [옐로우포션]이지."

테이블에 놓은 아이템을 손에 들고 [옐로우포션]의 스테이터스를 확인했다.

[옐로우포션]은 [블루포션]의 상위 포션으로, 회복량은 하이포션과 거의 동등했다.

내가 지난번 상태이상 내성 센스의 레벨업에서 [포션]과 [환약]이라는 두 종류가 회복량 제한에 걸렸기 때문에, 언젠가 또 찾아올 회복량 제한에 대비하여 상위 회복 아이템을 만들자고 생각했지만 설마 미카즈치에게 제작 의뢰를 받을 줄은 생각 못 했다.

"하지만 왜 필요해? 하이포션으로도 회복량은 충분하잖아. 일부러 [옐로우포션]을 만들 필요는 없을 것 같은데……."

"실은 말이지, 미카즈치가 신이 나서 레드 오거와 블루 오거를 계속 잡았잖아? 그때 레벨이 올라서 하이포션의 회복량 제한에 걸렸어. 그러니까 회복량 제한이 없고 하이포션과 동급의 아이템인 [옐로우포션]이 필요해."

"던전 안에 있는 연속 전투 시설, 아레나의 연속 배틀에 도전하기 위해서라도 안정된 회복 수단은 여럿 필요하니까."

그런 말로 대충 이유는 파악했다. 하지만 만들어달란다고 쉽사리 만들 수 있는 것도 아니다.

"애초에 완성품을 가져와서 이거랑 똑같은 걸 만들라고 해도 곤란해. 소재의 힌트 같은 것도 없으니까."

그렇게 말하는 내 앞에 쿵 소리를 내며 석판 하나가 놓였다.

"골동품 가게에서 산 고블린 약사의 레시피야. 여기저기 상하긴 했지만, 힌트는 될 거야! 뒷일은 열심히 해봐!"

두껍고 무거운 석판에는 글자와 그림이 새겨졌고, 곳곳이 깎여나가거나 상한 모습이었다. 이런 석판을 어디서 찾아왔나 싶어서 어안이 벙벙해진 사이에 미카즈치는 일방적으로 내게 석판과 포션 제작을 떠맡겼다.

그 뒤에 한숨을 내쉬면서 여기저기 망가진 석판을 길드[팔백만]의 공방으로 가져와서 해독하기 시작했다.

"그렇다고 해도 [언어학] 센스의 요구 레벨은 그렇게 높지 않네."

미카즈치와의 대화를 떠올리면서 내 [언어학] 센스로 석판에서 읽어낸 내용을 베낀 노트를 바라보고 한숨을 내뱉었다.

석판의 내용은 두 종류의 레시피로, 하나는 [옐로우포션]. 또 하나는 [도깨비의 묘약환]이라는, 이른바 하이포션의 환약 버전 같은 아이템의 레시피였다.

하지만 문제의 [옐로우포션]의 레시피 부분을 중심으로 석판이 손상되었기 때문에 소재 조합을 특정하기 힘들었다.

"하아, 난항이라고 해도 내가 뭘 하는 거지."

몇 번째인지 모를 한숨을 내뱉으면서 길드의 공방에서 개인실을 빌린 성과를 테이블 위에 늘어놓았다.

레시피대로 재현한 [도깨비의 묘약환]은 제작법 자체는 환약과 똑같고, 소재는 하이포션의 원료인 약령초와 마그나 베어의 드랍템인 [용암곰의 쓸개]를 섞은 뒤 조금씩 물을 더하며 반죽하여 모양을 만들면 완성되는, 비교적 간단한 환약 레시피다.

이쪽은 레이드 퀘스트의 보수인 [민간약학 사전] 안에도 실려 있었다.

비교적 간단하니까 완성품에 대한 개선점이 나왔다.

그리고 또 하나의 성과는——커다란 통과 그 내용물이다.

"정말이지 나는 뭘 하는 걸까."

[옐로우포션] 레시피를 해독한 뒤에 쓸 데가 없어진 석판을 보면서 절임을 눌러두기에 좋겠다는 생각에 시작해 보았다.

짧은 시간에 만들 수 있는 것으로, 신선한 야채를 적당히 소금에 절여서 통에 넣고 위에 나무뚜껑과 석판을 얹은 뒤 재워두기만 하면 되는 간단한 절임을 우선하였다.

"실제로 해야 할 [옐로우포션] 제작이 전혀 진전이 없어."

나는 해독한 레시피 내용을 베낀 노트를 다시금 훑어보았다.

현재 판명된 소재는 [카르코코의 열매]와 [활력수의 열매], 이렇게 두 가지뿐이고 나머지는 석판이 깨져서 해독 불능이었다.

"나머지 소재를 모른단 말이지."

석판이 훼손된 곳은 두 군데라서, 작게 깨진 부분에서는 소재 중 하나가 약초 계열 아이템이라고 간신히 예측되었다.

또 한 종류의 소재가 필요할 듯한데, 다른 한 곳은 석판의 깨진 면적이 커서 뭐라고 적혀있었는지 전혀 알 수 없었다.

"일단 판명된 소재로 만들어봤지만, [카르코코의 열매]는 조금 다루기 까다로워."

판명된 정보를 토대로 떠오르는 데까지 소재를 조합해봤지만, 품질이 떨어지는 포션도 안 나왔다.

그 원인이 지금 내가 손에 든 빨간색 감자인 [카르코코의 열매]였다. 여태까지의 실패는 [카르코코의 열매]에 독이 남아 있기 때문에 죄다 독약이 된 것이다.

"하아, 일단은 이 녀석에게서 독을 제거하는 것부터 시작해야지."

나는 일단 수중의 [카르코코 열매]를 깨끗하게 씻고 껍질과 싹을 제거하여 안쪽의 붉은 부분만 남겼다.

모든 열매의 껍질을 벗긴 뒤 크게 잘라서, 미리 준비해둔 끓는 물이 담긴 냄비에 [카르코코의 열매]를 죄다 투입했다.

"여기부터가 중요해."

나는 [신체내성] 센스를 장비하고 냄비 안에서 변화가 일어나기를 기다렸다.

끓어오르는 물 안에서 떠올랐다 가라앉는 [카르코코의 열매]를 휘젓자, 하얀 증기에 희미한 적자색이 섞이기 시작했다.

"시작되었나. 여기서부터 버텨야지."

카르코코의 붉은 열매가 익어서 걸쭉해지고 냄비를 휘젓는 주걱이 무거워졌다. 뿜어져 나오는 하얀 증기에 섞인 적자색이 차츰 진해지며 독기가 늘어났다.

숨을 멈추기 힘들어서 냄비의 자주색 증기를 들이마시자, [독]의 상태이상 특유의 시야가 좁아지는 듯한 증상이 생겼다.

"역시 [신체내성]은 1레벨만 가지고는 별로 효과를 실감할 수 없어."

이럴 줄 알았으면 [독 내성]인 채로 놔뒀으면 좋았었다고 생각하면서, 한층 걸쭉해진 냄비 안을 일정 속도로 휘젓기 시작했다.

그러던 중에 팔이 조금 힘들어지는 것을 느끼고 ATK 인챈트를 걸어서 스테이터스를 올려서 안정적으로 휘저을 수 있도록 했다.

계속 [독] 상태이상에 걸리기 때문에 HP 회복은 필수라서, 냄비 옆에 놔둔 [하이포션]을 마시면서 작업했다.

[옐로우포션]을 만들기 위해서 [하이포션]을 쓰는 것은 모순이라고 생각하면서도 20분 이상 계속 휘젓자 냄비에서 나오는 수증기 색깔에 변화가 나타났다.

적자색이 흐려지기 시작하고 차츰 처음처럼 하얀 수증기로 돌아갔다.

완전히 독기가 사라졌을 때 냄비를 불에서 내리고 자연스럽게 식혔다.

어느 정도 식은 뒤에 냄비를 들여다보자 바닥에 하얀 덩어리가 가라앉아 있었다.

"독이 다 빠졌을까?"

그 뒤로는 웃물을 버리고 깨끗한 천으로 짜내고 건조시키면 완성이다.

"[카르코코의 열매]가 [카르코코 전분]으로 변했나. 마치 블루젤라틴 때 같네."

블루슬라임의 드랍템을 약초와 합성해서 만든 [블루젤라틴]이라는 식재료 아이템이 떠올랐다. 이번에도 분류상으로는 식재료 아이템이기도 했다.

"왜일까? 색깔 있는 포션은 음식 관련인가?"

나는 그렇게 말하면서 독을 제거한 [카르코코 전분]을 잘 보관하고 좀 쉬었다.

그 뒤에는 [활력수의 열매]와 약초 아이템, 그리고 마지막 소재를 찾기 위해 닥치는 대로 섞으며 조사하였다.

"수고 많아. 좀 어때?"

"[도깨비의 별장]에서 맛있는 녹차 사왔는데 마실래?"

"어, 랭글리에 오토나시? 왜 여기에?"

"왜냐, 여기는 길드 [팔백만]이니까 우리가 있어도 이상할 것 없잖아. 게다가 말을 걸고 문을 열려고 했더니 적자색의 독안개가 나오지 뭐야. 그래서 좀 기다렸지."

"이거 폐를 끼쳤습니다."

깊이 고개를 숙였다. 설마 방에서 독 수증기가 새어 나갈 줄이야. 하지만 새어 나간 건 랭글리가 말을 걸려고 문을 조금 열었기 때문이고 곧바로 닫은 모양이니까 독의 영향은 없을 것이다.

오토나시가 녹차를 준비하는 한편, 나는 방금 만든 절임을 하나 꺼내어 차에 곁들였다.

"절임에 녹차라, 좋군."

"그래. 쌀밥이 당기는데. 하지만 절임 위에 저 돌, 이상하지 않아? 표면에 무늬나 그림 같은 게 있어."

"신경 쓰지 마. 그래서 무슨 일이 있는 거 아냐?"

아직 덜 절여진 느낌의 야채를 와삭와삭 먹으면서 내가 묻자, 랭글리가 용건을 말하기 시작했다.

"미카즈치 씨가 너를 좀 봐달라고 그랬어. 부탁한 걸 내던지지는 않겠지만, 본인은 던전이나 화산 에어리어를 탐색하고 있으니까."

"나는 그걸 따라온 거고. 일단 던전에서 소재를 입수했으니까 무기나 액세서리라도 만들까 해서."

"즉 [옐로우포션]의 재촉인가. 미카즈치에게는 미안하지만, 아직 완성되지 않았어."

내가 그렇게 말하자 미간에 주름을 만드는 랭글리. 곧바로 내 생각을 부정했다.

"반대야, 반대. 기분 전환으로 [팔백만]에 왔는데 너무 골몰하지 않도록 주의를 주라고 했어. 길드 소속의 생산직들에게도 같은 의뢰를 했어. 그러니까 너무 고민하지 마."

"과장도 참. 실제로 그렇게 오래 틀어박힌 것도 아닌데."

그렇게 말하며 쓴웃음을 지었다.

"뭐, 나도 랭글리도 생산직 기질이니까 모를 것도 아냐. 그래서 어떤 느낌?"

"어어, 음. 뭐, 여기서부터는 닥치는 대로 해봐야지."

석판에서 해독한 레시피에서 조합할 소재의 순번만큼은 어느 정도 확실해졌고, 예상할 수 있는 조합 패턴을 이제부터 좁히는 작업에 들어간다.

"고생일 텐데 괜찮아? 뭣 하면 길드의 조합사 중 한가한 사람더러 돕게 할까?"

"됐어. 그렇게 고생도 아냐."

나는 두 사람에게 간단히 설명했다.

이제부터 할 일은 [옐로우포션]의 소재에서 만든 시약을 사용하여 수중의 소재를 순서대로 녹이며 반응을 찾고 닥치는 대로 섞는 작업이다.

그러는 도중에 정답인 배합 패턴을 발견할지도 모른다는, 끈기가 필요한 작업이다.

그리고 찾아낸 다음에는 배합할 분량을 조절하고, 온도나 가열시간 등의 여러 요소를 바꾸면서 효율 좋은 제작법을 모색한다.

"그러니까 단조로운 작업이라서 아무나 할 수 있는 거니까 별거 아냐."

나는 내 레시피 제작법을 설명하면서 다소 기분 전환을 하고 의욕을 되찾았다.

"어라? 우리가 아는 제작법은 조금 더 대충인데……."

"그보다 무슨 연구직 같은 느낌이야. 닥치는 대로라니, 까마득하잖아. 뭐, 알았어. 그럼 너무 무리하지 마."

눈치 빠른 형 타입인 랭글리는 이쪽을 걱정해주었다.

"걱정해줘서 고마워. 하지만 괜찮아. 이런 거에는 익숙해."

"우리도 생산 활동으로 돌아가지. 아, 그리고 모두에게 먹여주고 싶은데 절임 좀 받아갈 수 있어?"

오토나시가 나가기 직전에 절임을 탐내기에 몇 개를 작은 용기에 담아서 주자 기쁜 듯이 받아서 나갔다.

두 사람 다 이 뒤로는 입수한 소재로 자기 생산 분야의 아이템을 만들겠지. 거기에 지지 않도록 나도 힘내자.

"좋아, 해볼까!"

다시금 [옐로우포션] 제작을 성공시키기 위해 샘플 액체를 만들었다.

건조시킨 [카르코코 전분]에 [활력수 열매 과즙]을 더한 액체에 [하이포션]의 소재인 [약령초]와 MP포션의 소재인 [마령초] 즙을 각각 더한 것을 섞고, 증류수 대용으로 [생명의 물]을 섞은 연녹색 시약을 만들었다.

그걸 작은 시험관에 소량씩 담고, 각기 한 종류씩 소재를 더해서 반응을 확인하며 [옐로우포션]의 소재를 찾는다.

"일단은 화산 에어리어의 소재로 만들자. 다음에는 더 넓은 범위의 소재. 마지막으로 수중의 포션 종류야. 그걸로 안 되면 무리지."

나는 스스로에게 기합을 넣기 위해 중얼거리고 [아트리

옐]에서 가져온 시약용으로 분말 가공한 각종 소재 샘플을 사용하여 판별하였다.

그러자 의외로 금방 시약의 색깔에 반응이 있었지만, 목표로 한 색과는 전혀 다른 것이 나왔다.

"파랑이네. 그것도 꽤나 맑은 파랑이야."

화산 에어리어의 마그마 베어의 드랍템인 [용암곰의 쓸개]를 넣었을 때, 두 종류의 시약 중 [마령초] 쪽에 반응이 있어서 메모용 노트에 여태까지의 조합 노트를 기록했다.

묽게 만든 시약에서 꽤나 소량이라도 반응하여 회복효과가 있던 것을 노트에 기록하고, 목표인 [옐로우포션]의 황색을 찾았다.

미카즈치가 가졌던 [옐로우포션]의 황색만큼은 아니더라도 또렷한 황색이 되기를 기대하며 차례로 소재를 더해서 최적의 조합을 찾아나갔다.

그리고 [아트리옐]에서 가져온 시약용 분말 중에서 희미하게나마 반응한 것을 찾아내고, 그와 관련된 소재를 우선적으로 조합하여 간신히 올바른 조합을 찾아낼 수 있었다.

"아하하, 꽤 걸렸네. 그렇긴 해도 설마 이 포션이 마지막 소재일 줄이야."

소재의 약 절반을 다 조사했을 즈음, 블루젤리를 가공한 [푸른 분말]을 섞었을 때 시약이 황색의 반응을 보였다.

이번에는 블루젤리 관련 아이템을 우선해서 시험하고 [블루포션]을 섞었을 때 가장 강한 황색이 나타났다.

"그래. 하나 아래 레벨의 색깔 포션을 소재로 만드는 타입인가? 그렇다면 다음 색깔 포션은 이 [옐로우포션]이 소재가 되나?"

나는 혼자 중얼거리면서 노트에 [옐로우포션]의 소재를 기입하고, 처음에 금방 반응했던 [용암곰의 쓸개]로 나온 조합으로 포션을 시험 삼아 만들었다.

"일단은 평범하게 만든 뒤에 여러모로 회복량이 높은 포션을 찾아볼까."

기본적인 방법으로 [카르코코 전분]과 [활력수 열매 과즙], 으깬 약령초, [블루포션]을 섞어서 작은 냄비에 끓였다.

얼른 가열하자 색깔에 변화가 나타나고 황색이 되었지만, 끓이자 색깔 변화가 멎고 다소 탁해지기 시작하기에 불에서 내리고 냄비에 떠오른 잔해를 제거한 뒤 포션병에 담았다.

옐로우포션 [소모품]

회복 [HP+35%]

아주 품질이 나쁜 옐로포션이 완성되었다.

[하이포션]의 열화판인데다, 내가 넣은 고품질의 [블루포션]보다도 회복량이 떨어졌다.

"완전히 대체 포션이군. 뭐, 여러모로 제작법을 바꿔볼까."

[옐로우포션]의 제작법을 손볼 뿐만이 아니라 [블루포션] 자체의 개량도 필요할지 모르겠다고 느끼는 한편, 다른 쪽

의 조합에도 착수했다.

청색으로 반응한 [마령초]와 [용암곰의 쓸개]로 조합한 포션은 [옐로우포션]보다도 반응이 빠르고, 더군다나 끓기 전에 반응이 끝나서 연한 청색의 포션이 되었다.

성산의 마법수 [소모품]
회복 [HP+10%, MP+10%]

완성된 포션에 눈이 동그래졌다.

설마하던 HP와 MP의 동시 회복 포션이었다. 많은 [조합] 계열 생산직이 찾아 헤매던 아이템이고, 포션과 MP포션을 섞어서도 만들 수 없었던 포션이었다.

드디어 이날이 왔나 싶으면서도, 그 효과가 낮기에 저품질이라고 눈치챘다.

미카즈치에게 [옐로우포션]의 제작을 의뢰받은 며칠의 기한 중에 과연 품질을 얼마나 끌어올릴 수 있을까. 또 우연히 발견한 HP, MP 동시 회복 포션을 얼마나 실전 레벨까지 끌어올릴 수 있을까. 다소 흥분했다.

하지만 메뉴의 기능인 타이머가 소리를 울리고 로그아웃의 시간을 알렸다.

예상 이상으로 열중해서 시간을 잊어버렸기 때문에 오늘은 포기하고 로그아웃했다.

방의 침대에서 일어나서 머리에 쓴 VR 기어를 벗고 다시금 침대에 누웠다.

어떤 식으로 조합하면 포션의 회복량이 더 오를까, 또 왜 품질이 안 좋게 나왔을까 생각하면서 잠들었다.

●

길드 [팔백만]의 원정 5일차.

[팔백만]의 길드홈에 도착했을 때, 뮤우네 파티는 없어서 벌써 던전으로 간 모양이었다.

"오늘은 세이 누나랑 미카즈치가 아레나에 도전하는 날이지. 시간은 아직 있어."

두 사람은 아무런 정보도 없는 상태로 아레나에 도전하기 위해서 이틀 동안 열심히 준비하였다.

나는 3일차에 이어서 4일차에도 [옐로우포션]의 개량에 매진하여서 간신히 성공할 수 있었다.

"세이 누나랑 미카즈치가 아레나에 도전하기 전에 줘야지."

길드에서 빌린 공방의 개인실에 들어가서 어제 로그인 시간 전부를 투자하여 품질을 올린 레시피대로 [옐로우포션]을 만들기 시작했다.

[옐로우포션]의 제작은 먼저 [카르코코 전분]과 [활력수열매 과즙]을 섞고 조금 수분을 더하여 가열한다. 이때 타

지 않도록 휘저으면서 혼합액의 온도를 60도에서 70도 전후로 지키며 반응을 촉진시킨다.

[카르코코 전분]이 완전히 녹으며 끈적거림이 완전히 사라졌을 때 [약령초]를 투입한다.

이때 소재는 날것인 쪽이 효과가 올라간다.

그리고 녹색 액체가 생겼을 때 가열하는 온도를 지키며 졸인다.

마지막으로 녹색 액체 안에 [블루포션]을 1대1의 비율로 투입하여 황색으로 변화시킨다.

그 다음은 완성된 [옐로우포션]을 자연스럽게 식힌 뒤 포션병에 담을 뿐이다.

옐로우포션 [소모품]

회복 [HP+60%]

내가 만들 수 있는 최고품질의 [하이포션]과 동등한 [옐로우포션]에 만족했다.

그렇긴 해도 녹색으로 변한 혼합액에 [블루포션]을 넣으면 왜 선명한 황색으로 변하는 걸까. 역시 판타지이기 때문일까.

나는 [옐로우포션]을 우선적으로 만들고, 남은 시간에 또 하나의 포션인 [성산의 마법수]에도 착수했다.

[성산의 마법수] 제작은 [옐로우포션]과 비슷하지만, [카

르코코 전분]과 [용암곰의 쓸개]를 반응시키는 온도는 35도에서 45도로, 미지근한 온도를 지킬 필요가 있다.

그렇기 때문에 직화가 아니라 중탕으로 냄비를 걸고 계속 휘젓는다.

걸쭉한 적갈색의 액체가 나왔을 때, 물을 더 붓고 또 체온 정도로 데운다. 이때 사용하는 물은 [생명의 물]로 한정된다.

소재를 판별할 때 조건을 갖추기 위한 소재로 [생명의 물]을 사용했는데, 여기서 증류수를 사용했으면 발견할 수 없었다고 생각하면 운이 좋았다.

마지막으로 적갈색의 액체가 투명해졌을 때, [마령초]를 넣고 체온 정도의 일정 온도로 데워서 맑은 청색으로 변하면 완성이다.

성산의 마법수 [소모품]

회복 [HP+35%, MP+35%]

고품질의 포션과 MP포션의 효과를 겸비하였다.

전황이 휙휙 변하는 전투에서 아이템 하나로 HP와 MP를 동시에 회복할 수 있다는 건 커다란 이점이다.

회복량이 다소 낮게 느껴지지만, 이것도 SP의 대량 취득에 따른 회복량 제한에 걸리지 않는 아이템이라는 특징을 갖는다.

나는 예정시간 내에 [옐로우포션] 50개와 [성산의 마법수]

20개를 만들 수 있었다.

"자, 세이 누나한테 연락해야지."

나는 메뉴에서 프렌드 통신을 선택하고 세이 누나에게 통화를 연결했다.

"세이 누나, 지금 이야기할 시간 있어?"

[잠깐 기다려. 곧 싸움이 끝나니까——〈아쿠아 배럿〉.]

타이밍 나쁘게도 전투 중에 연락한 모양이었다. 때때로 마법 발동을 위한 소리가 들렸다.

[윤에게서 연락 왔다면 포션 문제?]

"일단 부탁받은 [옐로우포션]이 다 됐는데, 안 늦었어?"

[고마워, 윤. 미카즈치, 윤이 옐로우포션 완성한 모양인데 어디서 받을까?]

세이 누나가 미카즈치에게 이야기하는 모습이 엿보였다. 몇 차례 맞장구를 치다가 결정된 듯했다.

[윤이 [도깨비의 별장] 6번 도로, 아레나 앞까지 가져와줄래? 거기서 포션을 받으면 우리는 아레나에 도전할 테니까.]

"알았어. 금방 갈게."

나는 완성된 두 종류의 포션을 인벤토리에 수납하고, 길드의 개인실에서 나와 입구 부근에 설치된 미니 포털로 [도깨비의 별장] 뒷문으로 전이하려고 했는데, 왠지 입구가 시끄러웠다.

"에잇! 못 들어가! 초대장이 없는 플레이어는 못 들어간다!", "모처럼 미소녀를 획득할 기회인데, 그대로 넘길까 보냐!", "그녀에게는 편안한 공간을 제공한다. 그러기 위해서 길드 가입 사퇴의 원인이 되는 요소를 철저하게 배척한다!"

길드 문 앞에서 전투라도 벌어졌는지, 금속이 부딪치는 소리가 울렸다. 내가 슬쩍 밖을 내다보니, 지인들이 복수의 [팔백만] 길드 멤버에게 둘러싸여 있었다.

"아니?! 타쿠?! 뭐 하는 거야!"

"여어, 윤! 어쩌나 좀 보러왔을 뿐인데. 윤하고 만날 수 있게 말 좀 전해달라고 했더니 왠지 모르지만 PVP가 됐어."

그렇게 말하며 즐겁게 웃지만, 타쿠 본인은 집단에게 둘러싸여서 공격을 받았는지 다소 대미지를 입었다. 게다가 반격을 하지 않았는지 길드 멤버들은 대미지다운 대미지를 받지 않았다.

그런데도 왜인지 분한 듯이 입술을 깨물고 빠드득 이까지 갈 듯한 표정으로 눈물을 흘리는 것은 길드 멤버 쪽이었다.

"소꿉친구라고 함부로 말 걸지 말라고.", "커뮤니케이션 장애인 우리 따윈 멀리서 바라볼 뿐인데.", "부럽다, 질투난다, 미소녀 세자매와 아는 사이라니, 게임에서도 현실에서도 승리자잖아."

왠지 착각과 원한이 원인이라는 걸 알고 타쿠에게 '어쩔까?'라는 시선으로 물었더니 딱히 피해 같은 것도 없으니까 괜찮다는 눈짓이 돌아왔다.

그 시선만의 대화에 타쿠를 공격한 길드 멤버들이 무릎을 꿇고 침몰한 것은 이유를 알 수 없었다.

"그냥 만나러 왔을 뿐이라면 학교에서도 되잖아."

"오늘은 얼굴을 보러 왔을 뿐이고 나중에 현실에서도 이 야기를 듣지. 하지만 설마 얼굴 좀 보자는데 대미지를 받을 줄은 몰랐어. 지금 하이포션의 회복 효과가 떨어졌거든. 뭐, 시간이 지나면 회복되겠지."

"나 참……. 잠깐 움직이지 마."

나는 대미지를 받은 타쿠에게 여태까지 만든 저품질의 [옐로우포션]을 사용했다.

세이 누나나 미카즈치에게 납품하기에는 부끄러운 품질이지만, 이렇게 자잘한 대미지를 회복하기에는 오히려 쓰기 좋다.

"오? 새로운 포션인가?"

"그거의 실패작이야. 팔 만한 품질이 아니지만, 열화 하이포션이라고 생각해줘."

"그것도 조금 나눠줄 수 있겠어?"

"그래, 레벨 상승에 따른 회복량 제한을 받는다면 필요하려나. 품질이 안정되거든 조만간 [아트리엘]에서 내놓을 생각이니까 그때 사 가."

나는 성능에 문제가 있는 [옐로우포션]을 몇 개 타쿠에게 넘겼다.

"그럼 나는 이만 돌아가지. 잘 지내는 모양이라 안심했어."

"일찍도 가네. 뭐, 나도 예정이 있으니까 좋지만."

내가 그렇게 말하자 타쿠는 곧바로 가버렸다.

나는 세이 누나와의 약속에 늦지 않게 서둘러야 했다.

[팔백만] 길드의 미니 포털에서 [도깨비의 별장] 뒷문 근처의 포털로 전이하고 던전 안의 지정된 장소로 향했다.

나는 2번 도로에서 4번 도로의 비교적 온화한 장소를 골라 탐색했지만, 5번 거리에는 NPC가 무기나 방어구, 액세서리 같은 장비를 팔거나 퀘스트 같은 게 있고, 7번 도로는 인간형 불량배 몹이 공격해 오는 장소다. 그 사이에 낀 6번 도로에 아레나가 있다.

"여어, 아가씨! 이쪽이야!"

"윤, 포션 제작 수고했어."

미카즈치가 먼저 나를 발견하여 손을 흔들어 위치를 알려주었다.

다가간 나에게 세이 누나가 위로의 말을 해주었기에 여태까지의 고생이 조금 보상받은 듯하였다.

"아니, 이쪽도 NPC의 약국에서 옐로우포션을 조금씩 모으거나 퀘스트 보수인 추첨권으로 추첨에 도전했지만, 아무래도 숫자가 잘 안 모여서 아슬아슬하던 참이라 다행이야."

"그래. 아레나 참가 한 명당 사용 가능한 회복 아이템은 30개니까, 이걸로 숫자는 채워졌어."

"50개 만들었는데, 혹시 너무 많았나?"

"그렇진 않지. 이번에는 절반 정도밖에 안 쓰지만, 아레나 이외에도 쓸 길이 있지."

"그래, 그렇다면 다행이네. 그럼 줄게."

나는 두 종류의 포션과 그 간이 레시피가 적힌 종이를 두 사람에게 건넸다.

포션의 소재나 힌트를 위한 석판은 세이 누나와 미카즈치가 사준 것이고, 포션과 그 레시피는 연구하게 해준 것에 대한 대가다.

이걸로 길드 안에 이 레시피를 퍼뜨리면 계속해서 안정적으로 만들 수 있겠지.

내 배려로 준 것이지만, 미카즈치는 의아한 눈치로 얼굴을 찌푸렸다.

"왜 그래?"

"왠지 [옐로우포션] 말고 다른 포션도 있는데……. 그보다 이 종이는 뭐지?"

트레이드 메뉴로 받은 종이를 살랑살랑 흔드는 미카즈치. 조금 퉁명스럽게 보이는 건 기분 탓일까?

"일단 세이 누나와 미카즈치의 지원으로 포션을 완성했으니까 그 성과와 보고서 대신으로 주는 레시피?"

내가 고개를 갸웃거리면서 대답하자 미카즈치가 손짓했다.

"하아. 어이, 아가씨, 이리 좀 와봐."

"……?"

뭔가 싶어서 미카즈치 쪽으로 두 걸음 다가가서, 그녀는 한 손으로 내 머리를 붙잡았다.

위에서 짓누르는 듯이 붙잡았기 때문에 항의의 소리를 질렸다.

"아야야야! 잠깐! 키가, 키가 줄어들겠어!"

"생산직이 레시피를 획획 주는 게 아냐! 게다가 우리 길드의 변태 생산직들을 얕보지 마! 아가씨랑 같은 내용의 의뢰를 몇 명에게 했다고! 녀석들은 언젠가 자력으로 찾아낼 거야! 그러니까 이런 거 필요 없어."

"미, 미안."

머리에서 손을 떼더니 레시피만 휙 되돌려주는 미카즈치.

미카즈치가 진짜로 화내는 걸 처음 본 듯해서 깜짝 놀랐다.

왠지 나를 놀리거나 술을 마시거나 밝고 카리스마 있는 전투 애호가란 느낌과는 달라서 조금 무섭게 느껴졌다.

그런 내 반응에 옆에 있던 세이 누나는 킥킥 웃었다.

"미카즈치는 윤을 걱정하는 거야."

"……걱정?"

"분명히 길드의 생산직들에 대한 신뢰도 있지만, 윤이 너무 조심성이 없으니까 걱정해서 주의준 거야."

"……세이."

미카즈치는 여전히 퉁명스럽지만 다소 멋쩍은 느낌으로 안절부절못했다.

그 모습을 보고 세이 누나가 다시금 어깨를 흔들며 웃음을 참았다.

내가 새로운 아이템을 만들거나 보여줄 때 반드시 마기씨나 에밀리 등의 지인이 충고해주었다.

나는 여러 지인 플레이어들의 보호를 받았음을 떠올렸다.

"미카즈치, 저기, 고마워. 걱정해줘서."

"어어, 뭐, 알면 됐어, 알면!"

벅벅 머리를 긁적이고서 바로 평소의 표정을 짓는 미카즈치.

"하지만 그렇게 단시간 만에 용케 [옐로우포션]을 만들었군. 그 점은 거듭 감사하지."

정면에서 다시금 감사의 말을 들으니 왠지 멋쩍어져서 이번에는 이쪽에서 시선을 피했다.

"게다가 효과도 기본보다 높고, 신종 포션까지 만들다니. 얼른 세이랑 나눌까."

"그래, 나는 보통 하이포션이면 충분하니까, 이 [성산의 마법수]를 많이 가져갈래."

왠지 새로운 아이템을 보여줬을 경우 놀라든가 황당해하는 패턴이 많았지만, 세이 누나와 미카즈치는 태연하게 받아들였다.

"왜 그래, 이상한 얼굴을 하고?"

"아니, 더 놀라지 않나? 싶어서……."

"으음. 나는 충분히 놀랐어. 하지만 윤이니까."

"뭐, 아가씨니까."

왜 나라는 이유로 납득할 수 있는데!

"자, 아레나에 쳐들어간다! 길드 놈들이 기다리다가 진이 빠지기 전에!"

"길드 놈들?"

내가 고개를 갸웃거리자 세이 누나가 가르쳐주었다.

"일단 관객석에서 볼 수 있어. 뮤우네도 먼저 들어갔을 거야."

지금 와서 생각하면 길드홈을 나선 시점에서 사람이 적었던 듯 싶었고, 먼저 로그인한 뮤우가 없었던 것은 아레나의 관객석에 모였기 때문이라 납득했다.

"아레나는 연전 형식으로 싸우는 장소지? 도전하는 건 역시 미카즈치랑 세이 누나, 둘 뿐?"

"일단은 그래. 사람이 많으면 경품 배분이 힘드니까."

그렇게 말하고 연전 경품이 표시된 아레나 입구 근처로 시선을 주었다.

전부 다 해서 10회전의 경품은 그만큼 진귀한 아이템이었다.

나는 그중 하나에 확 흥미가 당겼다.

"[정화의 수정]?"

자잘한 것이 모여서 된 덩어리 같은 수정이었다.

수정 내부에는 금이 가서 하얗게 되었지만, 그게 투과하는 빛을 난반사하여 눈처럼 아름다움을 띠었다.

"아, 6회전의 경품인 강화소재네."

내 시선을 알아차린 세이 누나가 가르쳐주었다.

강화소재 [정화의 수정]의 설명문에 적힌 추가효과는——
[회복효과(소)].

이 효과는 사용하는 회복 마법이나 아이템의 회복 효과를 올려주는 힘을 갖는다.

수중의 강화소재나 추첨으로 입수한 [마귀정] 등과 함께 쓰면 꽤나 좋은 액세서리가 나올지도 모른다.

"……탐난다."

강화소재라는 말에 내가 무의식 중에 중얼거린 말이 미카즈치의 귀에 들어갔다.

"호오, 아가씨가 노리는 건 강화소재인가. 뭐, 줘도 상관없을지도. 내가 노리는 건 3회전과 7회전 경품이야."

"나는 8회전 쪽이니까."

"그러면 10회전 경품은 파티 전원이 받을 수 있군. 어차피 우리 둘이서 9회전까지의 경품을 나눠도 하나 남지. 그럼 아가씨를 전력으로 넣어서 세 명이서 세 개씩 경품을 균등하게 나눌까. 좋아!"

"어? 어어?!"

내가 미카즈치와 세이 누나의 대화에 당황해하는 사이에 파티 신청 메뉴가 열렸다.

"자, 파티 짜자고."

"아니, 나는 그럴 생각 없는데……."

"아레나에 도전할까."

"어, 어, 응."

왠지 미카즈치의 기세에 져서 파티를 짰다.

"좋아! 아레나로 간다! 셋이서!"

"어, 어어?!"

미카즈치에게 어깨를 붙잡힌 채로 아레나 입구에서 도전장을 열 장 넘기고 안으로 안내받았다.

●

"왜 이렇게 됐지?"

아레나 접수처를 통과하여 안으로 들어가자 지하로 내려가는 계단으로 이어졌다.

횃불 불빛뿐인 어둑어둑한 계단을 내려가서 통로를 나아가자, 그 앞에는 넓은 원형 투기장이 펼쳐졌다.

한층 높은 관객석에서는 오른편에 고블린이나 고블리너, 홉고블린 등의 인간형 몬스터가 모였고, 왼편에 인간형 몬스터에 섞여서 길드 [팔백만] 멤버들이 있다가 우리가 입장하는 동시에 환성을 올렸다.

"원하는 걸 손에 넣으려면 상응하는 리스크가 있지. 자, 각오하라고!"

"그런 건 조금 더 일찍 말해줬으면 싶은데⋯⋯."

깊은 한숨을 내쉬었더니 세이 누나가 위로해주었다.

"어라? 윤 언니도 같이 나왔어?! 힘내!"

그리고 뮤우가 관객석에서 큰 소리로 외쳤다.

"자, 윤. 뮤우도 보고 있으니까 연상으로서 위엄을 보일 기회야."

"으읏, 이렇게 되었으면 멋대가리 없어도 좋으니까 싸워서 경품 받고 돌아갈래!"

내가 의욕을 냈을 쯤, 아레나의 연속 배틀이 시작되었다.

1회전 상대가 반대쪽 출입구에서 모습을 보였다.

나타난 것은 무기를 든 불량배 고블린 열 마리였다. 흔히 보는 꾀죄죄한 고블린과 비교해서 깔끔하고 장비도 잘 손질된 것을 썼다.

"처음에는 고블린인가. 뭐, 나라도 고블린 정도면 상대할 수 있을까?"

"윤, 방심은 금물이야. 보통 고블린보다도 레벨이 높을 테니까. 검이 셋, 도끼가 둘, 창이 둘, 활이 둘에 지팡이가 하나야."

"그럼 1인당 최소 세 마리 책임지는 거군. 준비됐어?"

미카즈치의 목소리에 나는 내 무기인 장궁 상태를 확인하고 화살통에서 화살을 하나 꺼내며 전투 개시 신호를 기다렸다.

심판을 맡은 홉고블린이 징 앞에 서서 그 중심을 세게 때렸다.

금속음이 아레나 전체에 울려 퍼지는 동시에 전위의 고블린들이 달려 나왔다.

""""케케케케켁!""""

"──〈연사궁 2식〉!"

나는 달려오는 고블린 사이를 뚫고 후위의 고블린을 향해

선제 아츠를 발동시켰다.

힘껏 당긴 시위에서 날아간 두 개의 화살은 날카로운 일직선의 궤도를 그리며 후위에 있던 고블린 두 마리의 이마를 꿰뚫었다.

인간형 몹의 약점에 공격을 받은 고블린은 순식간의 일에 반응할 수 없어서 그대로 뒤로 쓰러지면서 빛의 입자가 되어 사라졌다.

"일단 두 마리……."

작은 혼잣말과 함께 미카즈치가 우리 앞을 천천히 걸어갔다.

다가오던 전위 고블린들의 이마, 목, 가슴에 슬쩍 육각곤을 내뻗었다.

가볍고 빠른 연속 찌르기에 순식간에 네 마리의 고블린이 뒤로 날아가고 지면에 쓰러진 뒤에 일어서지도 못하고 빛의 입자가 되었다.

"역시 약하군. 7번 거리 놈들과 거의 다름없잖아."

가벼운 움직임과 달리 무거운 타격을 날리는 미카즈치는 나머지 고블린들에게 눈을 주었다.

"남은 건 도끼와 창이 둘. 그리고 활인가──아니, 이미 끝인가."

미카즈치는 활잡이 고블린이 날린 화살을 튕겨낸 뒤에 세이 누나를 돌아보고 어느 고블린을 쓰러뜨릴지 물으려고 했지만, 그 전에 세이 누나와 내가 죄다 쓰러뜨렸다.

도끼와 창을 든 고블린들은 세이 누나가 만들어낸 얼음창에 복부를 꿰뚫렸고, 나머지 활잡이 고블린은 다음 화살을 날리기 전에 내가 이마를 꿰뚫어서 끝났다.

"뭐야, 아가씨. 처음에는 싫어하더니만 제법 잘하잖아."

"나는 아프거나 당하는 게 무섭고 싫어. 하지만 할 거면 전력으로 해야지."

나를 위에서 누르듯이 어깨동무를 한 미카즈치가 손가락으로 내 뺨을 찌르는 게 짜증났다.

나는 도망치듯이 세이 누나에게 도움을 청하는 시선을 보냈다.

"자, 다음 상대가 나왔어."

한판이 끝날 때마다 속행인지 기권인지를 선택하는 시간이 주어지고, 그 시간이 지나면 자동적으로 속행되는 아레나 투기장.

2회전의 적은 마을 안을 걸어 다니는 위병인 고블린 솔저 여섯 마리였다. 전부 통일된 장비에 일렬횡대로 서서 공격해 왔다.

"제법 재미있잖아! 하압!"

발을 맞추어 슬금슬금 다가오는 고블린 솔저들을 향해 달려가는 미카즈치.

일렬횡대로 선 고블린들이 방패를 나란히 들고, 다가오는 미카즈치를 향해 그 틈새로 장검으로 찌르기를 날렸다. 하지만 미카즈치는 육각곤을 장대높이뛰기의 장대처럼 이용하여 높이 뛰어올라서 고블린들의 머리 위를 넘어 뒤로 돌아갔다.

"——〈매드 풀〉!"

"——〈아이시클 록〉!"

미카즈치 쪽을 돌아보며 대응하려는 고블린들의 발을 내가 진흙탕으로 가라앉히고, 거기에 또 세이 누나의 마법으로 가라앉은 발목까지 얼려버렸다.

"나이스 어시스트! 하압!"

미카즈치는 방향을 돌리지 못하는 고블린들을 뒤에서 공격하여서 차례로 쓰러뜨렸다.

"일방적이군."

"처음이라 간단할 뿐이야. 다음은 조금 더 어렵지 않을까?"

여기까지는 사용 횟수에 제한이 걸린 포션을 소모하지 않을 수 있었다.

2회전이 끝나고 곧바로 3회전이 시작되었다.

분명히 아무리 약해서 이렇게 적이 연이어 나타나면 숨 돌릴 틈도 없다.

적 쪽의 입구를 빠져나오듯이 나타난 것은 마그마 베어 한 마리였다.

색깔도 강함도 화산 에어리어의 마그마 베어와 다름없어 보이지만, 그 양손이나 몸의 곳곳에는 금속 프로텍터가 붙어 있고 등의 용암도 있어서 유효 타격을 넣을 수 있는 부위가 적었다.

"좋아, 좋아. 내가 노리는 3회전의 상대로군. 세이! 아가씨! 여기는 나 혼자서 하지! 잠깐 쉬어!"

그렇게 말하고 미카즈치는 우리의 양해를 얻지도 않고 마그마 베어에게 육각곤으로 덤벼들었다.

육각곤으로 마그마 베어의 프로텍터를 때리자 둔탁한 소리가 울렸다. 반격하는 마그마 베어의 발톱은 시뻘겋게 달아올라서 지면의 흙을 간단히 갈랐다.

그걸 회피하더라도 남은 열기에 달궈져서 자잘한 대미지를 입지만, 미카즈치는 [옐로우포션]을 계속 쓰면서 마그마 베어의 프로텍터 틈새를 노려서 계속 공격했다.

"가랏! 거기야! 미카즈치 씨, 힘내!"

"미카즈치 누님! 거깁니다! 때려요!"

"길마! 지지 마! 우리가 싸울 때의 정보를 충분히 끌어내 줘!"

관객석에서 길드 멤버들이 보내는 성원에 한 손을 들어 답하면서 직격을 피하는 여유가 있었다.

"미카즈치 녀석, 역시 인기 있네."

"그야 미카즈치를 따라서 길드에 들어온 애도 있을 정도니까."

"그렇구나. 왠지 모르게 알겠어. 그렇긴 해도……."

엄청난 성원을 받는 미카즈치의 전투에 압도되었다.

마그나 베어의 발톱 공격이 일으키는 열풍은 후위인 우리에게까지 닿을 정도지만, 성원을 받은 미카즈치는 한층 날카로운 움직임으로 직격을 계속 피했다.

"후하하하하! 안 맞으면 아무렇지도 않다!"

"아니, 분명히 그렇긴 한데. 그 안에 뛰어드는 건 무섭잖아."

"그런 건 적응과 훈련이다!"

마그마 베어의 공격을 피하면서 그 무릎이나 팔 관절 등에 육각곤을 찌르는 미카즈치.

그렇기는 해도 왜 이번 전투를 혼자서 싸우겠다고 한 걸까.

대미지를 받고 사용 개수에 제한이 있는 포션도 괜히 소비한다. 그렇게까지 할 의미가 있나?

"미카즈치가 마그마 베어에게 개인적인 감정이 있는 걸로도 보이지 않는데……."

"미카즈치의 경우는 마그마 베어가 아니라 3회전의 경품이 목적이니까. 그리고 단독으로 이번 싸움을 이겨낼 만한 실력이 있는지 확인하고 싶었던 게 아닐까?"

그렇게 추측하는 세이 누나. 미카즈치가 탐내는 경품이 뭐였는지 떠올리는 동안에 미카즈치와 마그마 베어와의 싸움에 변화가 일어났다.

"가으!"

짧은 비명을 지른 마그마 베어는 코를 두 손으로 누르며 무릎 꿇었다.

거듭해서 손목이나 무릎에 공격을 맞으며 부위 대미지가 축적.

움직임이 둔해지고 가드할 수가 없어서 급소인 코끝을 세게 맞은 결과, 마그마 베어는 무릎을 꿇고 일시적인 전의상 실 상태에 빠졌다.

아파서 웅크리며 무방비해진 마그마 베어에게 미카즈치는 무자비할 정도로 목 뒤의 약점인 연수 부근을 육각곤으로 후렸다.

"──〈육련선타〉!"

"가윽!"

눈을 치뜨며 몸을 떨다가 쓰러지는 마그마 베어.

연수에 들어간 아츠로 인해 HP가 0이 된 마그마 베어가 빛의 입자가 되어 사라지자 아레나 안에서 환성이 일고, 미카즈치는 기쁜 듯이 이쪽으로 돌아왔다.

"좋아! 이 정도까지는 안정되게 쓰러뜨릴 수 있군! 술 GET!"

"혼자서 괜히 소모하지 마. 자, 회복."

"그 정도는 혼자서 할 테니까 괜찮아."

나는 미카즈치의 소모된 HP와 MP를 포션으로 회복시켜 주려고 했지만, 미카즈치가 거부하였다. 고개를 돌리는 미카즈치의 태도에 입술을 삐죽이는 나를 보며 세이 누나는 어깨를 떨며 웃음을 참았다.

왜 웃지? 싶어서 고개를 갸웃거리자, 관객석에서 작은 목소리가 들렸다.

"저 미카즈치 씨를 애처럼 다루는 윤 씨도 대단해.", "그래, 역시 [보모].", "그렇게 생각하면 길마가 장난꾸러기 애처럼 보여서 살짝 모에.", "윤은 역시 [보모]였다!"

내가 그 소리를 듣고 불만스러운 얼굴을 하자, 세이 누나는 참다못해 살짝 웃음을 흘렸다.

"자, 세이도 아가씨도 다음 싸움 준비해."

미카즈치가 그렇게 말했기에 나는 곧바로 마음을 다잡고 상대를 기다렸다.

4회전에는 고블린의 상위 몬스터인 홉고블린이 무리를 짜서 나타났다. 그것도 1회전보다도 숫자가 많고 장비도 충실하며, 전체를 지휘하는 포지션의 몬스터도 섞여 있었다.

"제대로 된 직업도 섞여 있군. 홉고블린 나이트가 하나에 솔저가 여럿인가."

보통 플레이어 셋으로 대처하기는 어렵다. 공간을 이용하며 싸우면 어떻게든 되어도, 작전을 짜기에는 시간이 없다.

시작을 알리는 징이 울리고, 그 직후에 홉고블린 나이트의 지시에 따라 솔저들이 양쪽으로 펴져서 달려왔다.

"포위인가. 세이, 아가씨! 뒤로 돌아갈 수 있으니까 조심해!"

미카즈치가 정면에서 달려오는 솔저들을 공격했지만, 솔저들은 무기나 방패로 대미지를 줄이면서 한 마리는 미카즈치의 정면에, 나머지는 좌우나 뒤로 돌아가서 거리를 좁히며 미카즈치를 포위했다.

미카즈치의 무기인 육각곤은 사정거리가 길기 때문에 거리를 좁히면 휘두르기 어렵다. 그 틈에 나머지 솔저들이 옆을 빠져나갔다.

"제길! 진짜냐!"

"게다가 홉고블린 나이트가 동료의 스테이터스를 올리는 모양이야! ——〈아쿠아 배럿〉!"

나는 연속으로 화살을 날리고 세이 누나가 물탄환을 쏘았지만, 그 공격으로 몇 마리 해치웠더라도 전체적인 포위망을 느슨하게 만들 순 없었다.

그럼 사령탑을 노려야지 싶어서 홉고블린 나이트에게 화살을 날렸지만, 좌우에 대기한 솔저나 나이트 자신이 막아내는 바람에 헛일이었다.

"제길, 포위되었나. 그럼."

"어쩔 수 없지. 접근전은 별로지만——〈그람 소드〉."

"나도 후위니까 별로야. 〈인첸트〉——어택, 디펜스, 스피드."

포위된 가운데 세이 누나와 농담을 주고받으면서 서로 요격준비를 하였다.

세이 누나는 무기인 지팡이에 물을 둘러서 물의 칼날을 만들더니 창처럼 들었다.

나는 스스로에게 삼중 인챈트를 걸고, 무기를 장궁 대신 인벤토리 안에서 꺼낸 식칼로 바꾸었다.

"정말이지 서브웨폰을 갖고 있길 잘했어."

내 왼손에 들린 묵직한 무게는 흑철로 만든 고기 써는 식칼 — 중흑의 느낌을 확인하면서 슬금슬금 포위망을 좁혀드는 홉고블린 부대를 경계했다.

"고브고브——"

홉고블린 나이트의 호령과 함께 무기를 쳐들고 동시에 공격해 오는 솔저들.

"——〈식재료의 소양〉!"

거기에 대해 나는 약점을 발견하는 보조 스킬인 〈식재료의 소양〉을 발동하여 인챈트로 강화된 속도로 단숨에 접근했다.

동시 공격의 타이밍을 내가 앞으로 나서서 빗나가게 하고, 파고든 곳에 있는 솔저를 향해 중후한 고기 써는 식칼을 힘껏 휘둘렀다.

인챈트로 향상된 속도로 육박하는 내 공격을 솔저는 무기를 회수하여 막으려고 했지만, 나는 그걸 힘으로 베어버리고 약점인 목을 베었다.

그러자 솔저는 비명도 지르지 못하고 일격에 빛의 입자로 변했다.

"나라도 운이 좋으면 일격에 해치울 수 있나."

약점에 크리티컬로 들어갔다고 해도 쓰러뜨릴 줄은 몰랐기에 스스로도 놀랐다.

그 틈을 찔러서 옆의 홉고블린이 장검을 내리쳤다.

"윤, 마음 놓지 마!"

세이 누나의 질타를 들으면서, 날아드는 장검을 확인하자 [하늘의 눈]이 자연스럽게 발동했다.

연장된 체감시간 속에서 왼팔을 들어 고기 써는 식칼 측면으로 장검을 받아내었다.

계속해서 비어 있는 오른손을 허리춤의 벨트로 돌려서 평소에 쓰는 식칼을 거꾸로 뽑아서 상대의 품에 파고들 듯이 턱 밑에서 목덜미를 향해 찌르고 그대로 후볐다.

연장된 체감시간 속에서 서서히 빛의 입자가 되어 사라지는 솔저의 몸에서 핏줄기라도 터져 나올 것 같다고 멍하니 생각하면서 다음 솔저 쪽을 돌아보았다.

체감시간이 원래대로 돌아오고 남은 적을 훑었다.

그리고 다음 상대의 공격을 왼손의 고기 써는 식칼로 막아내고 오른손의 식칼로 반격하였다.

맨 처음의 두 마리는 운 좋게 약점에 크리티컬이 들어갔을 뿐이지, 사정거리나 숫자의 차이, 그리고 근접전투 경험이 부족한 나의 기량 부족 때문에 솔저들을 잘 돌파하지 못하고 야금야금 HP가 줄어드는 상황이 되었다.

"제길! 제법 대미지를 입었어."

"윤, 포션을 쓰고 조금 버텨! 금방 이쪽의 적을 정리할 테니까——〈아이스 랜스〉!"

세이 누나는 정면의 상대를 물의 칼날을 띤 지팡이로 베고, 배후나 좌우에서 덮쳐드는 적에게는 미리 대기시켜둔 얼음창을 견제로 날렸다.

처음에 포위되었던 미카즈치는 그녀를 포위했던 솔저를 이미 쓰러뜨리고 고블린 나이트와 그 호위인 한 마리를 공격하려는 참이었다.

"세이가 괜찮은 건 알았지만, 아가씨도 제법 버티잖아! 이러면 마음 편히 사령탑을 노릴 수 있겠어!"

"그보다 먼저 잔챙이 처리를 도와줘! RPG의 기본은 약한 놈부터 쓰러뜨리는 거잖아!"

"때로는 무리해서 보스를 쓰러뜨리는 쪽이 빠른 경우도 있어!"

그렇게 말하며 미카즈치는 고블린 나이트들과의 싸움을 시작했다.

나는 어떻게든 계속 버텼다. 다행스럽게도 이쪽이 한동안 버티며 대미지를 주었기 때문에 솔저 하나가 탈락하여 적의 공격이 줄고 조금씩 여유가 생기기 시작했다.

또 이쪽에는 개수 제한이긴 해도 회복 아이템이라는 무기가 있기 때문에 끈질기게 솔저들과 싸울 수도 있었다.

"이걸로 끝!"

이 기나긴 진흙탕 싸움. 마지막에 남은 한 마리를 상대로 인챈트만이 아니라 커스드까지 병용한 장기전으로 싸웠다.

최종적으로는 적의 정수리에 고기 써는 식칼을 휘둘러서 오버킬로 쓰러뜨렸다.

"허억허억······. 끝났다. 제길, 4회전인데 꽤 소모했어."

숨을 헐떡이면서 4회전을 마친 나. 하지만 세이 누나도 미카즈치도 태연한 얼굴로 서 있었다.

"수고했어. 아가씨한테는 좋은 경험이 되지 않았을까?"

"그래. 파티 인원이 적으니까 한 명의 부담이 크지만, 이건 좋은 연습이야. 그리고 윤이 싸우는 모습을 보고 다들 응원하고 있어."

"허억, 허억……. 꽤 스파르타잖아. 그리고 응원 같은 건 전혀 몰랐어."

전투의 긴장감과 끊임없이 회피하는 피로 때문에 아직도 호흡이 가빴다.

고개를 들고 바라본 관객석에서는 뮤우나 루카토 등이 분명히 응원하고 있고, 그 외에 랭글리와 오토나시를 시작으로 하는 길드 멤버도 내 건승을 외쳤다.

"윤! 잘했어!", "다음에도 힘내! 그리고 무리는 하지 마.", "귀여운 윤의 조금 다른 일면을 보여줘서 고마워!"

왠지 보통 응원하고 다른 게 섞여 있지만, 내 참가가 긍정적으로 받아들여졌다.

애초에 길드의 외부인인 내가 길드마스터인 미카즈치와 함께 아레나에 출장한 시점에서 이상하다고 생각하지만…….

"왜 다들 날 응원해주는 거지?"

"뭐, 윤이 귀여워서 아닐까? 그리고 또 하나의 이유라면——"

세이 누나가 관객석 쪽에게 묻듯이 말하자 대답이 돌아왔다.

"미카즈치 씨랑 세이 씨가 너무 세서 적의 행동 패턴을 다 보기 전에 쓰러뜨리니까, 아레나 공략에 참고가 안 돼.", "그 점에서 윤은 적당히 버티면서 싸워주니까 적의 행동 패턴을 끌어내주지.", "그리고 풋내기 같은 풋풋한 반응도 볼 수 있어서 이쪽까지 재미있어."

차례로 나오는 목소리에 납득하니 쓴웃음이 자연스럽게 나왔다.

"뭐야, 내가 약해서 남들이 좋아한다는 건 또 처음이야."

"다들 자기 타산이 있어서 그런 거야! 그러니까 언니는 신경 쓰지 말고 가슴 펴고 싸워!"

아레나 관객석에서 이쪽에게 성원을 보내는 뮤우.

"……응, 조금 더 힘내볼까."

"그 자세야! 목표, 아레나 제패!"

"아니, 나는 그런 생각까진 없으니까."

모두의 성원을 받으며 아레나 5회전이 시작되었다.

6장 저주와 온천

5회전은 이미 몇 차례나 싸운 적 있는 적이었다.

"……레드 오거와 블루 오거인가."

"이 정도는 몇 번이나 잡아봤잖아. 이제 와서 고생할 것 없지."

"하지만 5회전에 이 상대란 소리는 6회전 이후로는 보스보다 세단 소리야. 나는 8회전이 끝나면 포기하고 경품을 받으면 되는데, 어쩔래?"

"갈 수 있는 데까지 간다! 그리고 안 되거든 다시금 도전하면 되겠지!"

"그럼 나는 전력으로 두 사람을 서포트할게. 〈인첸트〉── 어택, 디펜스, 스피드!"

나는 미카즈치에게 삼중 인챈트를 걸고 그녀가 달려가는 걸 지켜보았다.

뒷문의 문지기인 레드 오거와 블루 오거와의 전투를 최적화한 세이 누나와 미카즈치의 움직임을 보면서 나는 화살을 날려서 전투에 공헌했다.

일찍부터 특수공격 대책으로 [저주] 화살을 날리는 내 원호 사격도 있어서 5회전은 어렵잖게 통과할 수 있었다.

여기까지는 5회전의 레드 오거와 블루 오거가 가장 강했지만, 4회전의 홉고블린 집단도 한 명이 한 번에 대치할 수 있는 숫자에 한계가 있기 때문에 귀찮은 면에서 보자면 그쪽이 강했다.

다음인 6회전에서는 내가 원하는 경품인 강화소재 [정화의 수정]을 받을 수 있다. 그 상대란──

"원령 너구리? 이번에는 처음 보는 몬스터네. 그것도 동물 쪽인가."

나타난 것은 키가 2미터는 될 법한 거대한 괴물 너구리였다.

푹신한 털이 났고 뚱뚱하니 나온 배를 감추는 갑옷에 십자창을 든 이족보행 너구리였다.

실루엣을 보면 귀엽지만, 그 이름처럼 원망 어린 눈동자로 이쪽을 쏘아죽일 듯이 노려보았기에 귀여움 요소가 죄다 날아가버렸다.

"호오, 처음 보는 몹이 나왔나. 귀엽지 않은 너구리 따윈 목 졸라서 탕이나 끓여먹지. 물론 요리는 아가씨 담당이야."

"아레나의 적은 쓰러뜨려도 드랍이 없으니까 요리를 못 만들어."

"윤. 딴죽 걸 건 그게 아냐. 그보다 시작한다!"

이번에는 세이 누나가 나한테 딴죽을 걸었다.

그 직후 6회전 개시를 알리는 징 소리가 울려 퍼졌다.

전투 개시와 함께 원령 너구리가 높게 뛰어올랐다.

우리가 올려다본 곳에서 원령 너구리는 뽀옹 하는 코미컬

한 소리와 함께 몸에서 하얀 연기를 뿜어서 순간 그 모습을
감추었다.

"뭐가 올지 몰라. 조심해!"

"눈가림 안개 따윈 사라져버려!——〈궁기 — 질풍일진〉!"

미카즈치의 경고와 함께 나는 공격을 동반한 풍압을 만드
는 아츠를 발동시켰다.

하얀 연기의 중심을 꿰뚫은 화살은 단순히 하얀 연기를
흩고서 상공으로 사라졌다.

"어?! 사라졌다!"

"그렇다기보단 분열일까? 봐, 우리가 포위되었어."

세이 누나가 나와 미카즈치의 사각을 지키듯이 이동하고,
세 명이 서로 등을 맞대고 주위를 바라보다 작아진 원령 너
구리가 우리를 에워싸고 있었다.

허리 정도까지 오는 크기의 원령 너구리가 다섯 마리. 각
각의 체격에 맞는 십자창을 들고 슬금슬금 거리를 좁혀들
었다.

하지만——

"고블린의 포위 같은 식으로 덤벼봤자 헛수고야!"

"멍청아! 처음 보는 적을 함부로 공격하지 마!"

나는 무기를 활에서 고기 써는 식칼로 변경하고 정면에
선 원령 너구리를 공격했다.

고기 써는 식칼의 일격이 들어가는 동시에 말 그래도 연
기처럼 모습을 감추는 원령 너구리.

그와 동시에 갈라진 하얀 연기 안에서 폭소와 함께 십자창의 일격이 날아와서 내 옆구리를 스쳤다.

이 정도 근접거리에서 날아온 일격에는 [간파]나 [하늘의 눈]을 구사해도 창날을 아슬아슬하게 회피하는 게 고작이라서, 나는 십자창의 넓은 칼날에 옆구리가 찢어졌다.

"으얏! 게다가 공격에 [저주]의 추가효과가 있어."

내가 반격을 받는 바람에 관객석에서 작은 비명이 일었지만, 나는 찢어진 옆구리를 누르면서 한 걸음 물러났다.

"분열이라기보단 그림자 분신이었나. 이렇게 되면 분신할 때는 본체를 찾아야만 하겠어."

미카즈치는 하얀 연기와 함께 사라져서 하나의 본체로 뭉친 원령 너구리를 냉정하게 분석하였다.

그러는 한편, 나는 세이 누나에게 회복을 받아 만전의 상태로 돌아갔다.

"본체를 어떻게 찾아내지?"

나에게 공격을 성공시킨 원령 너구리는 비아냥거리듯이 입가를 일그러뜨렸다.

"그림자 분신 전부를 동시 공격해서 섞여 있는 본체를 노린다. 그림자 분신을 푼 직후에 공격. 아니면 특수공격을 못 쓰게 한다. 생각나는 건 이 정도인데. 그도 아니라면 정공법으로 본체에만 존재하는 차이점을 찾아낸다든가."

그렇게 중얼거린 미카즈치는 말을 마치는 동시에 원령 너구리에게 달려가서 육각곤을 내찔렀다.

봉과 창을 매서운 응수 끝에 미카즈치가 원령 너구리의 창을 쳐올리고 그 몸을 공격했지만, 처음과 마찬가지로 하얀 연기와 함께 도망치더니 다시금 우리를 둘러싸듯이 그림자 분신이 나타났다.

"진짜 이거 어떻게 하지?!"

십자창의 일격을 맞은 내가 필사적으로 피하면서 공격해도 하얀 연기에 섞여서 날아온 반격에 슬금슬금 HP가 깎였다.

그림자 분신의 공격에는 우리를 일격에 해치우는 위력은 없지만, [저주]의 상태이상 부여와 창끝의 형태가 귀찮았다.

상태이상 [저주]는 MP 감소 이외에 랜덤한 마이너스 효과를 동시에 발생시키기 때문에 몇 번이고 공격을 받으면 치명적인 마이너스 효과에 걸릴 가능성이 있었다.

지금은 아이템으로 회복할 수 있고 세이 누나도 [회복 마법]을 쓸 수 있기 때문에 안전선을 유지할 수 있지만, 그래도 적에게 대미지를 줄 수 있을 것 같지가 않다.

십자창은 끝부분을 피하더라도 옆쪽으로 벌어진 초승달 모양의 칼날이 있기 때문에 공격 범위가 넓고, 여유를 가지고 피하지 않으면 방금처럼 걸려서 대미지를 받는다.

또 사방팔방에서 조금씩 포위를 좁히면서 그 창을 찌르고 드니까 점점 방어하기 힘들어진다.

"제길! ──〈존 봄〉!"

나는 홧김에 [하늘의 눈]과 지 속성의 최하급 마법을 조합한 마법을 사용했다.

눈에 보이는 범위의 복수의 적에게 동시에 조준을 맞추고 단숨에 〈봄〉 마법을 발동시켰다.

이걸로 눈에 보이는 범위에 있는 그림자 분신 네 마리가 〈봄〉의 노란색 폭발에 휘말려서 미미한 대미지를 입었지만, 같은 타이밍에 공격했기 때문에 이번에는 십자창 네 개가 동시에 내 쪽으로 날아왔다.

"우왓! 위험해!"

부끄럽고 자시고 할 겨를도 없이 웅크리듯이 피하자 머리 위로 십자창 네 개가 교차하였고, 나는 기듯이 그 밑에서 빠져나왔다.

"아가씨, 뭐 하는 거야?"

"뭐냐니, 이런저런 시행착오를 할 뿐이야!"

"지금 공격은 위험했어. 동시에 날아오는 그 십자창의 공격을 맞으면 어떻게 되었을지 상상해봐."

그 말에 나는 그 십자창 네 개의 동시공격을 맞을 경우에 일어나는 사태로서 연속으로 저주 공격을 받아서 중증의 [저주]에 걸릴 가능성을 깨달았다.

간격을 두지 않은 연속공격의 연쇄 대미지로 대미지량이 증가한다.

"이해한 모양이군. 뭐, 실패 사례로는 괜찮아. 길드 멤버들이 공략할 때의 주의점을 잘 알겠어."

미카즈치는 소리 죽여서 큭큭큭 웃음을 흘리더니 원령 너구리 분신체들의 공격을 쳐내면서 다시금 공략의 실마리를 찾기 시작했다.

그 뒤에 나는 원령 너구리의 반격을 몇 번이나 맞아서 포션으로 대미지를 회복하면서 〈봄〉 마법을 한 방씩 써서 원령 너구리들에게 미량의 대미지를 쌓았다.

"제길, 〈봄〉 마법 공격으로는 대미지가 영 아냐. 더 효율적으로 대미지를 주는 수는 없을까?"

"아가씨의 [간파]로는 본체를 찾을 수 없겠어?"

"무리. 아까부터 전부 보고 있지만, 그럴듯한 너구리가 없어. [은폐] 계열 센스 레벨이 꽤 높은 걸지도."

"여기에 와서 트리키한 적의 출현이라니 귀찮네. 잘못 걸렸다간 소모가 너무 크겠어. 하지만 이거라면 혹시……."

나와 미카즈치가 원령 너구리에게 고생하는 사이에 세이 누나는 타개책을 찾은 듯했다.

"——〈하이 힐〉."

지팡이 끝에 하얀 빛이 깃들고, 개별 회복마법인 〈하이 힐〉이 발동했다.

——카아아아아아!

비명을 지르며 그 몸이 지워지고 하얀 연기로 변했지만, 반격의 창은 날아오지 않았다.

다른 원령 너구리 분신체도 하얀 연기가 되어 본체로 돌아가면, 남은 본체에 모든 그림자 분신의 대미지가 축적된다.

"알고 보면 간단한가?"

"세이 누나, 무슨 소리야?"

"원령 너구리는 불사 속성의 적이니까 물리 무효화가 아닐까 해. 게다가 특정 마법이 아니면 효율이 나쁜 모양이야."

"과연. 알고 보면 간단하군. 아가씨, 나한테 화 속성."

"알았어. 〈엘리먼트 인첸트〉──웨폰!"

나와 미카즈치가 적의 약점을 이해했으면 반격은 간단했다.

나는 화 속성의 속성석을 소비하여 미카즈치의 무기에 엘리먼트 인챈트를 걸었다.

그 뒤의 싸움은 미카즈치가 화 속성의 속성 대미지를 원령 너구리에게 날리고, 세이 누나가 회복 마법으로 공격하고, 내가 불사 계열에 먹히는 은화살을 날려서 계속 대미지를 주었다.

마지막으로 원령 너구리는 단말마의 비명을 지르고 몸에서 하얀 연기를 내뿜더니, 그 모습이 무너졌다.

"제법 터프했어. [옐로우포션]이 꽤 줄었군."

"나도 〈하이 힐〉을 제법 썼으니까 MP포션이 별로 안 남았어."

세이 누나와 미카즈치는 스테이터스는 괜찮아도 그걸 지탱하는 소모품이 다소 부족한 기색이었다.

"괜찮겠어? [옐로우포션]은 얼마나 남았어?"

"지금은 10개야. 지금 페이스로 싸울 경우 아슬아슬하게

10회전까지 싸울 수 있겠군."

"일단 도중 포기는 생각하지 않아도 되겠네."

두 사람의 의견을 듣고 이런 식이라면 7회전을 넘어서 세이 누나가 탐내는 8회전 경품을 손에 넣을 것 같고, 어쩌면 마지막까지 이길지도 모른다.

노리는 강화소재도 손에 넣어서 안심했던 나는 등에서 퍼억 하는 충격을 받았다.

"――어?"

그것은 아레나 도전에 대한 우리의 짧은 생각을 박살내기에 충분한 충격이었다.

내 배에서 튀어나온 자주색 십자창.

세이 누나와 미카즈치도 똑같은 것에 꿰뚫렸고, 관객석에서 비명 같은 소리가 일었다.

●

"윤 언니! 세이 언니!"

뮤우의 비명이 울리는 가운데 나는 냉정하게 스스로를 분석했다.

퍽 하는 충격과 함께 자주색 십자창에 꿰뚫렸지만, 고통이나 대미지를 받은 느낌은 없었다.

몸을 비틀 듯이 뒤를 돌아보자, 원한 어린 눈으로 노려보는 자주색의 반투명한 원령 너구리가 마지막으로 만족스러운 듯이 일그러진 웃음을 띠고 흩어졌다.

"지금 그건 뭐지……."

고통이 없는 복부를 문지르면서 멍하니 있는 나를 제정신으로 돌린 것은 미카즈치의 목소리였다.

"칫! 당했다!"

미카즈치가 제일 먼저 푸념을 내뱉고 메뉴에서 자기 스테이터스를 확인하였다.

"마지막으로 엄청난 [저주]를 남기고 갔어! 세이는 어때?"

"일단 [저주] 내성의 액세서리를 장비했으니까 다소 줄어들었지만……."

두 사람의 시선이 나를 향하고, 메뉴로 스테이터스를 확인했다.

거기에 비친 [저주]의 효과에 말을 잃었다.

"……이게 뭐야?"

내 스테이터스에는 현재 [저주]가 발생하였고 강도를 표시하는 수치도 없었다.

그리고 통상 [저주]와 달리, 한정된 여러 마이너스 효과를 받았다.

"[기능 봉인]에 [회복 스킬, 아이템 사용 금지], [스테이터스 저하]. 그리고 [HP 감소]와 [MP 감소]? 이게 뭐야?"

너무나도 강력한 [저주]의 효과에 아연해졌다.

이래서는 HP나 MP, 상태이상 회복이 불가능하다. HP의 감소는 [독]처럼 빠르지 않지만, 그래도 착실하게 줄어들었다.

미카즈치도 나와 비슷한 [저주]에 걸린 모양이었다.

"아가씨는 저항하지 못하고 그대로 당했나. 세이는?"

"[MP 감소]뿐이야. 하지만 지금은 MP도 줄어들고 있으니까 전투에선 그리 많은 마법을 못 써."

"칫, 원령 너구리의 파이널 어택인가. 포기를 선택할 틈도 없이 발동하고 7회전 돌입. 실질적으로 시간제한이 있는 전투인가."

파이널 어택이란 HP가 0이 된 순간 강제로 발동하는 특수 공격 등의 총칭으로 [죽음의 공격]이나 [길동무 공격] 등으로 불리는 것이다.

아레나의 전투 중에는 회복 아이템의 양도가 불가능하다.

지금 미카즈치와 내가 가진 아이템은 쓸 수 없고, 사용할수 있는 것은 MP포션에 비중을 둔 세이 누나뿐이다.

"여태까지 너무 밋밋했으니까 더 의문을 품었어야 했어."

미카즈치가 중얼거렸지만, 지금 말은 고요해진 아레나 전체에 울렸다. '밋밋하게 느낀 건 미카즈치뿐'이라는 관객석의 말에 나도 동의했다.

지금 확실한 것은 여유 있던 상황에서 일변하여 원령 너구리의 [저주]로 궁지에 몰렸다는 점이다.

"7회전 상대가 나타났어……."

세이 누나의 시선 앞에 있는 7회전 적은──쌍동무사라는 몬스터였다.

등을 맞대듯이 달라붙은 한 쌍의 무사귀신이 그 양손에 만곡도를 들고 사도류를 체현하였다.

정면을 향한 무사가 중후한 무사갑옷을 입은 것과 달리, 뒤쪽의 무사는 가벼운 도복 차림이었다.

"뒤에 붙은 녀석은 저 다리로 어떻게 움직이지? 라는 의문이 있지만, 그런 소리나 할 여유가 없군."

"등에 붙은 녀석의 다리는 로봇 게임에 나오는 역관절과 비슷하겠지. 어라, 의외로 점프력이 있겠네."

"윤도 미카즈치도 그런 말할 여유 없어. 그리고 미카즈치, 어떻게 할래?"

"세이는 만에 하나의 회복 수단이야. 공격은 삼가고 MP를 온존해줘. 아가씨는 쓸 수 있는 아이템을 죄다 써. 내가 속공으로 끝내지!"

나는 곧바로 인벤토리 안에 있는 회복 아이템 이외의 쓸 수 있는 아이템을 미카즈치에게 건넸다.

"인챈트 스톤과 강화환약이야. 그리고 [대신하는 보석의 반지]도 빌려줄 테니까 써. 세 번까지라면 공격을 막을 수 있어."

"인챈트 스톤과 강화환약이라면 사용법을 아니까 문제없지만, 이 반지는 아가씨의 비장의 아이템이잖아."

[대신하는 보석의 반지]는 반지에 끼워진 보석의 사이즈에 비례하여 공격을 완전 무효화하는 유니크 장비다.

전투가 서툰 내가 가진 강력한 방어 아이템이다.

"미카즈치가 쓰러지면 뒤에 있는 나랑 세이 누나로는 못 이겨. 미카즈치가 쓰러지면 안 되잖아. 게다가 나는 서포트 캐릭터야. 지원하는 거니까 전투직이 최고의 상태로 싸울 수 있도록 해주는 게 내 역할이야."

"아가씨⋯⋯. 알았어. 빌리지."

그렇게 말하며 미카즈치는 오른손 검지에 [대신하는 보석의 반지]를 꼈다. 이어서 강화환약을 씹고 키워드를 외워서 인챈트 스톤에 담긴 공격, 방어, 속도 인챈트를 해방하였다.

"스테이터스 저하는 인챈트로 거의 상쇄했단 느낌이군."

가볍게 팔을 돌리고 기지개를 펴며 자기 몸을 확인하는 미카즈치.

나도 세이 누나도 사전에 사용할 수 있는 강화 아이템을 써서 스테이터스 저하를 완화하고 준비를 갖추었다.

시간이 되자 심판 홉고블린이 징을 울리고 7회전이 시작되었다.

"그럼 나는 다녀오지."

"다녀와. 나도 최대한 원호할게."

나는 이번 싸움을 헤쳐 나가기 위해 전력으로 원호 사격을 하였다.

튀어나가는 미카즈치의 머리 위를 넘어서 날아간 화살은 쌍동무사의 만곡도에 차례로 썰렸지만, 그래도 쉴 새 없이 날리는 화살은 무시할 수 있는 게 아니다.

그리고 미카즈치가 쌍동무사의 눈앞까지 튀어나가자, 양

자 사이에 무기의 격돌이 시작되었다.

미카즈치는 육각곤의 빠르고 정확한 타격과 회피로 농락하고, 쌍동무사는 만곡도를 휘둘러서 넓은 범위를 후리듯이 베었다.

네 개의 칼이라는 수적 우세가 공격 후에 있어야 할 틈을 커버하여서, 미카즈치는 쌍동무사를 제대로 공격할 수 없었다.

하지만 미카즈치를 거듭 공격하는 쌍동무사는 내가 날린 화살을 막을 여유를 잃었고, 정면 옆, 무사갑옷으로 덮이지 않은 몸의 곳곳에 화살이 꽂히기 시작했다.

상태이상약을 합성한 화살을 일부 섞었기 때문에 화살이 꽂히게 되면서 그 효과가 보이기 시작했다.

화살 자체의 대미지는 작지만, [독]의 도트 대미지나 [저주]의 랜덤 발생하는 마이너스 효과, 행동을 방해하는 [마비]나 [수면], [기절] 등이 순간이나마 쌍동무사의 움직임을 둔하게 만들고 이쪽에게 유리한 상황을 만들어낼 수 있었다.

그래도 쌍동무사는 오거보다 상태이상 회복력이 높기 때문에 그렇게 효과가 뚜렷하진 않았다.

"파워는 오거 이상! 힘든데! 완전히 디버프 상태인 채로 정면에서 상대하고 싶진 않아!"

미카즈치는 [대신하는 보석의 반지]의 완전 방어를 온존하기 위해 쌍동무사의 공격을 계속 피했다.

그렇기 때문에 만에 하나를 위한 회복 담당인 세이 누나가 공격에 참가할 수 없이 지켜보기만 했다.

""——VOOOOOOOOOO!""

쌍둥무사의 두 머리가 포효하고 앞쪽의 무사가 만곡도를 대각선으로 휘둘렀다. 이어서 한 발 물러나고 다른 쪽 팔의 만곡도를 옆으로 휘둘렀다.

미카즈치가 그 공격을 피하고 쌍둥무사의 옆을 빠져나가듯이 회피하자, 뒤쪽에 위치한 무사가 그쪽을 향해 찌르기를 날렸다. 그걸 회피하기 위해 미카즈치는 다시금 옆으로 뛰듯이 피했다.

"휴우, 위험해, 위험해. 뒤에 몸이 하나 더 있으니까 사각으로 파고들 수도 없잖아."

이번에는 뒤쪽에 위치하는 도복 차림의 무사와 대치하는 미카즈치.

그리고 나와 세이 누나는 앞쪽의 무사갑옷 차림의 무사와 멀찍이서 대치하여, 세 명이서 앞뒤에서 포위하는 듯한 위치였다.

"이거 미카즈치를 무시하고 이쪽으로 오면 위험한가?"

"그때는 최대한 시간을 벌어야만 할지도."

"그때는 그때지. 하압——"

미카즈치는 발을 바닥에 끌듯이 움직여서 만곡도의 아슬아슬한 공격범위를 재더니 짧은 기합소리와 함께 찌르기를 날렸다.

나는 그 공격과 맞추어서 정면의 무사에게 화살을 날렸다.

여기서 쌍둥무사는 여태까지 없던 움직임을 보였다.

미카즈치 쪽의 무사는 양손의 만곡도로 미카즈치의 공격을 막았지만, 우리 쪽의 무사는 거기에 가세하지 않고 방금 전까지 무시하던 나의 화살을 쳐냈다.

"이건…… 정면과 배후가 움직임이 미묘하게 다른가?"

방금 전까지는 4개의 칼로 모두 미카즈치를 요격했지만 현재는 그게 분산되었다.

그리고 배후의 두 개만으로는 미카즈치의 맹공을 다 막아낼 수 없어서 미카즈치의 접근을 허용하였다.

"날아가버려! 합!"

기합을 담아 날린 육간곤의 찌르기가 도복 차림 무사의 복부에 꽂히고, 쌍둥무사의 몸 전체가 살짝 떠서 수평으로, 이쪽으로 날아왔다.

나는 나와 세이 누나가 있는 위치로 접근시키지 않으려고 다급히 매직젬을 던졌다.

"늦지 않기를! ——[클레이 실드]!"

내던진 보석을 기점으로 지면에서 솟구치는 흙벽에 쌍둥무사가 부딪쳤다.

흙벽을 무너뜨리면서 그 자리에 쓰러진 쌍둥무사는 느릿느릿 일어섰다.

"엄청난 위력인데. 지금 공격으로 HP가 1할 사라졌어."

"아가씨 쪽에서는 안 보인 모양인데, 그 절반은 아가씨가 만든 흙벽에 처박힐 때의 대미지야."

그렇게 말하며 육각곤을 어깨에 짊어지는 미카즈치는 다시금 무기를 들고 자세를 낮추었다.

쌍동무사의 남은 HP는 7할. 그리고 원령 너구리의 [저주]로 HP가 시간 경과와 함께 감소하는 미카즈치의 HP는 6할 남았다.

슬슬 HP 잔량이 안전 위협권이기 때문에 대기했던 세이 누나가 여기서 움직였다.

"미카즈치, 회복이야──〈하이 힐〉!"

"여어, 땡큐. 그럼 조금 더 힘낼까!"

세이 누나의 회복 마법으로 HP를 회복한 미카즈치는 쌍동무사와의 싸움을 재개했다.

그리고 나는 화살을 날리는 한편으로 적의 HP 감소 추이를 관찰하였다.

"쌍동무사는 정면과 뒤가 방어면에서 미묘한 차이가 있나?"

"윤도 알아차렸구나."

나는 상태이상 화살이 다 떨어졌기 때문에 일단 손을 멈추고 일반 화살을 꺼냈다. 그 짧은 사이에 세이 누나의 분석에 귀를 기울였다.

"뒤는 물리공격에 약해. 미카즈치도 그걸 알아차렸는지 정면으로 돌리려는 쌍동무사의 움직임에 맞추어서 계속 뒤를 잡고 있어."

그때 뒤쪽의 무사가 크게 가로베기를 하듯이 만곡도를 휘두르더니 그대로 반회전했다. 그 움직임에 따라 미카즈치의 앞으로 돌아온 정면의 무사가 만곡도를 휘둘렀지만, 미카즈치도 거기에 맞춰서 구르듯이 회전했기 때문에 위치가 뒤바뀌어서 미카즈치는 다시금 뒤의 무사와 대치했다.

"칫. 또 정면으로 되돌아왔어."

"미카즈치. HP 회복할게. ──〈하이 힐〉."

"땡큐, 세이."

"그리고 윤도 [HP 감소]의 저주에 걸렸지? ──〈하이 힐〉."

"세이 누나. 고마워."

나는 후위인 탓에 HP 관리를 소홀히 해서, 깨달았을 때에는 4할까지 HP가 줄어 있었다.

미카즈치보다 최대 HP가 적은 나에게 같은 타이밍으로 마법을 쓰면 오버 힐이 되어서 MP를 낭비하기에, 미카즈치 두 번, 나 한 번의 비율로 세이 누나의 회복 마법이 발동했다.

"내 MP는 얼마 없으니까 바닥나기 전에 끝내줘."

세이 누나의 말을 듣고 미카즈치는 살랑살랑 손을 흔들면서 한 걸음 앞으로 나섰다.

다시금 시작된 쌍둥무사와의 타격전. 하지만 HP가 3할을 끊었을 때 또 쌍둥무사가 여태까지와 다른 움직임을 했다.

"한 발 물러나?"

크게 백스텝을 밟은 쌍둥무사는 자세를 낮추고 튀어나가

는 자세인 채로 미카즈치에게 만곡도를 가로로 휘둘렀다.

"칫, 빨라!"

기세를 탄 만곡도가 바람을 가르는 소리가 후위인 나에게 까지 닿았다. 미카즈치가 상체를 뒤로 젖혀서 아슬아슬하게 그 공격을 피했지만, 쌍동무사는 몸을 틀면서 다시금 한 걸음 앞으로 나왔다.

"윤, 준비!"

"알았어! ——[클레이 실드]."

만에 하나를 대비해서 세이 누나와 함께 움직였다.

"칫, 쫓아오나!"

미카즈치가 더 물러나며 피했지만, 쌍동무사는 정면과 뒤를 끊임없이 바꾸듯이 회전하면서 계속해서 미카즈치에게 무거운 공격을 날렸다.

2격째는 육각곤으로 막았지만, 힘에 밀려서 튕겨져나가는 바람에 미카즈치의 자세가 무너졌다.

3격째에서 처음으로 대미지를 받아서 [대신하는 보석의 반지]의 효과로 얇은 벽이 깨지는 듯한 소리가 울리는 가운데, 쌍동무사가 회전하면서 날리는 4격, 5격이 쉽사리 [대신하는 보석의 반지]의 허용량을 넘는 대미지를 쏟아냈다.

미카즈치는 세 차례의 공격 무효 사이에 자세를 가다듬지 못하고 6격인 가로베기를 맞아서 HP가 크게 줄어들었다.

"크윽!"

그리고 쌍동무사가 7격째를 날리려고 했지만, 내가 미카즈치의 발밑으로 던진 복수의 매직젬이 발동하여 흙벽이 솟구쳤다.

다중의 흙벽은 기세를 탄 만곡도의 연격에 쉽사리 무너졌지만, 미카즈치의 발밑에서 솟구쳤기 때문에 그녀를 위로 피하게 만들었다.

"——〈하이 힐〉, 〈하이 힐〉!"

세이 누나가 미카즈치에게 두 차례의 회복 마법을 발동시켜서 입은 대미지만큼의 HP를 회복시켰다.

"세이, 윤, 고마워."

"……거짓말. 날 이름으로 불렀다."

"아까 공격은 끈질겨서, 아가씨가 빌려준 이 반지가 아니었으면 두 사람의 지원이 늦었어. 다음 공격을 맞으면 끝이었지. 그리고 아가씨, 반지 고마워."

"그럼 저쪽의 남은 HP를 깎을 수 있겠어?"

세이 누나는 회복 마법을 연이어 사용하여 MP가 바닥을 쳤기 때문에 수중의 MP포션을 사용하여 회복했다.

그래도 [저주]의 효과로 슬금슬금 줄어드는 MP는 빠른 결판을 강요하였다.

"그거라면 전원이 지금 할 수 있는 최대 화력을 상대에게 단번에 때려넣는 수밖에 없겠지."

그렇게 말하며 보석가 다 깨진 [대신하는 보석의 반지]를 손가락에서 빼내어 내게 돌려주었다.

다시금 쓰려면 몇 시간의 쿨타임이 필요한 [대신하는 보석의 반지]에게 나는 '고마워, 그리고 수고했어'라고 중얼거리고 인벤토리 안에 넣었다.

쌍동무사 쪽으로 눈을 돌리자, 큰 기술을 쓴 뒤인 탓인지 지면에 무릎을 꿇고 10초 정도 완전 무방비 상태였다.

"나는 여기서부터 회피를 포기하고 물리공격으로 밀어붙이겠어."

"나는 남은 MP포션을 써서 마법을 난사할게."

"나, 나는 수중의 매직젬을 뿌려서 녀석을 폭발에 끌어들이겠어."

"그럼 결정됐군!"

미카즈치는 현재 장비한 불타는 듯한 붉은 경장비에서 잿빛 늑대 무늬를 띤 유니크 장비 [명랑의 갑옷]으로 바꾸었다.

[명랑의 갑옷]은 레이드 퀘스트의 보수인 유니크 방어구로, 그 디메리트 효과인 [기능 봉인]은 원령 너구리의 [저주] 효과와 중첩되기 때문에 디메리트가 되지 않는다. 또한 ATK를 대폭 올려주는 [완력]의 효과가 있다.

"그럼 간다!"

달려가는 미카즈치의 뒤를 쫓듯이 나도 쌍동무사를 향해 달렸다. 세이 누나는 물탄환이나 얼음창을 대량으로 만들고, 소비한 MP를 포션으로 회복시키면서 그것들을 일제 사격할 그 순간까지 계속 대기시켰다.

"아가씨, 세이의 마법에 맞춰. 그때까지 공격을 맞지 마!"

"안전한 곳에서 찔끔찔끔할게."

장궁으로 중거리에서 이동 사격을 하는 동시에 쌍동무사의 발치에 조금씩 [봄] 매직젬을 던져서 배치했다.

미카즈치는 휘두르는 만곡도를 갑옷의 팔 부분으로 흘리고 쌍동무사의 뒷면으로 돌아가더니, [완력]으로 상승한 스테이터스로 뒤쪽의 무사를 육각곤으로 질렀다. 그러자 쌍동무사는 대미지 감소를 위해 몸을 회전시켜 정면의 갑옷으로 타격을 받아냈다.

"칫, 하지만…… 밀어붙인다! 으라챠!"

정면의 무사의 배에 꽂힌 육각곤이 갑옷의 정면을 우지직하고 우그러뜨렸다.

퍼억 하는 둔탁한 타격음을 내며 그 자리에서 무릎부터 힘이 빠진 듯이 쓰러지는 쌍동무사.

앞쪽에서의 타격은 뒤로 물러나서 도망치는 식으로 대미지를 줄일 수 있지만, 그럴 수도 없는 타격이 온몸을 휩쓴 모양이었다.

정면의 무사가 두 팔의 만곡도를 지면에 꽂아 몸을 지탱하고, 곧바로 뒤쪽의 무사의 칼로 반격했다.

그 일격에 대해 미카즈치가 육각곤을 전력으로 휘둘러서 뒤쪽 무사의 만곡도를 중간에서 부러뜨렸다.

"지금이야. ——〈아쿠아 배럿〉, 〈아이스 랜스〉 일제 사격!"

"간다. ——[봄]!"

세이 누나의 뒤에서 대기했던 수십 개의 마법이 일제히

225

쌍동무사에게 날아갔다.

고속으로 날아오는 물탄환이 정면의 무사의 갑옷을 타격하여 우그러뜨리고, 날카로운 얼음창이 사지를 꿰뚫고 그 냉기가 튀긴 물을 얼려서 쌍동무사의 온몸을 얼렸다.

그리고 움직일 수 없는 쌍동무사의 발밑에서 [봄] 매직젬이 일제히 기동하여, 그 다중폭격을 피할 수도 없는 쌍동무사는 노란 섬광과 폭발에 빨려들어 윤곽이 흐릿하게 보였다.

"매직젬을 수십 개나 던졌다고. 이거면 쓰러졌겠지."

"아직이야! 미카즈치, 라스트!"

섬광과 폭발이 서서히 걷히는 가운데 엉망이 된 무사갑옷의 정면과 도복을 입은 뒤쪽의 쌍동무사가 살아 있었다.

남은 HP는 1할도 안 되는 상태로 일어섰다. 중간에서 부러진 네 자루의 만곡도를 들고 미카즈치에게 연속 회전공격을 날렸다.

하지만 부러져서 범위가 좁아진 만곡도를 여유롭게 피하면서, 오히려 만곡도가 부러졌기에 사정거리에서 우위에 선 미카즈치가 마지막 일격을 날렸다.

"좋은 타이밍이다! 날아가버려!"

회전하면서 측면을 드러낸 쌍동무사의 옆구리에 미카즈치가 육각곤으로 전력을 담은 찌르기를 날렸다.

상반신의 회전이 더해진 타격은 쌍동무사의 갑옷을 깨뜨리고 옆구리에 깊숙하게 박혔다.

""——VOOOOOOOOO!""

쌍동무사는 두 개의 입에서 울리는 비명과 함께 날아가서 아레나의 벽에 처박히더니 주르륵 지면으로 떨어졌다.

거기서 몸이 빛의 입자가 되어 흩어지고 쌍동무사가 사라졌다.

[[[우오오오오오——]]]]

7회전 개시 때부터 아츠나 스킬이 제한된 데다가 마지막 공격이 화려한 탓에 관객석에서의 환성이 여태까지 중에서 가장 컸다.

"좋아, 이대로 8회전——"포기할래."——세이 누나?!"

7회전이 끝나고, 다음에는 세이 누나가 노리는 경품이 붙은 8회전이다 싶어서 기합을 넣었지만, 세이 누나 본인이 포기 선언을 하였다.

그대로 그 포기가 받아들여졌지만 나는 세이 누나에게 물었다.

"괜찮겠어? 다음 경품이 노리던 아이템이었잖아?"

"어쩔 수 없어. 원령 너구리의 [저주] 효과는 아직 계속되고 있어. 게다가 남은 MP는 마법 한 번 분량뿐. 포션도 얼마 없어. 미카즈치도 윤도 HP를 보면 괜찮아도 아이템을 쓸 수 없잖아?"

"하지만……."

"여기서 무리하게 도전했다가 지면 모든 경품이 날아가. 그럼 여기서 철수하는 것도 영단이지."

그렇게 말하며 뒤에서 내 머리를 난폭하게 쓰다듬는 미카즈치의 손을 쳐내고 나도 납득했다.

"응, 알았어. 내가 냉정하지 않았을지도."

"아니, 윤은 나를 걱정해준 거야. 고마워."

세이 누나가 빗질하듯이 다정히 내 머리를 쓰다듬자, 왠지 겸연쩍은 기분이 들었다.

시야 구석에서는 내가 손을 쳐내는 바람에 미카즈치가 불만이라는 듯이 입가를 일그러뜨렸지만, 미카즈치의 손길은 난폭하니까 싫다.

미카즈치는 가볍게 숨을 내쉬고 아레나 전체에 울리듯이 외쳤다.

"자, 우리가 1등으로 아레나에 도전했는데 어때? 공략에 참고가 됐냐! 우리는 거의 아무런 대책도 없이 와서 7회전에서 기권하는 결과였다. 이 정보를 활용해줘. 그리고 다음에 아레나에 도전하는 녀석을 보고 우리가 대책을 세운다. 그러니까 힘내라!"

미카즈치의 마지막 말과 함께 아레나의 관객석에서 여러 환성이 울리고, 그 열광에 쓴웃음을 지으면서 퇴장했다.

●

아레나에 도전한 뒤 우리는 경품을 배분한 결과──

"7회전까지 싸워서 얻은 경품으로 각자가 필요한 아이템을 빼면 남는 건 네 개인가."

나는 [정화의 수정]을 먼저 받고, 미카즈치도 3회전과 7회전의 경품을 받았다. 세이 누나만큼은 원하는 아이템 전에 기권했기에 나머지 네 개의 아이템에서 우선적으로 선택할 권리가 있다.

"나는…… 4회전과 5회전의 아이템을 받을게. 다음은 윤이야."

"어? 나는…… 그럼 2회전의 경품."

"욕심이 없군. 우리는 원하는 아이템을 확보했으니까 세이 아가씨는 나머지를 전부 가져가도 좋은데."

그렇게 마지막으로 남은 경품을 미카즈치가 챙겨서 배분은 끝났다. 그날은 세 명 모두 완전히 지쳤기에 푹 쉬기로 했다.

그리고 다음 날. 던전 원정 6일째의 밤.

나는 길드 [팔백만]의 공방에서 액세서리의 마지막 조정을 하였다.

"후우, 세이 누나용과 뮤우용 액세서리는 결국 거의 다시 만들게 되었네."

테이블에 올려놓은, 갓 완성된 액세서리를 바라보았다.

청색과 은색의 액세서리는 사용한 블루라이트 광석 주괴에 수 속성의 [속성석]을 합성하여서 보다 수 속성을 강화했다.

비즈 팔찌 쪽은 처음에는 투명한 유리제 비즈로 만들었지만, 아레나에서 입수한 강화소재 [정화의 수정]의 내부가

229

금이 가서 하얗게 난반사하는 모습은 뮤우에게 어울릴 것 같아서 일부 비즈에 더욱 가공을 더했다.

완성된 비즈를 프라이팬으로 볶듯이 가열하고 얼음으로 급속하게 식히면 내부에 금이 생겨서 [정화의 수정]처럼 금 간 유리를 만들 수 있다.

오토나시와 랭글리의 조언을 참고로 하며 드디어 뮤우의 액세서리가 나왔다.

또 이쪽에도 광 속성의 [속성성]을 소재 단계에서 합성하여서 [광 속성 향상(소)]의 추가효과가 붙었다.

"남은 건 두 개의 액세서리에 수중의 강화소재를 쓸 뿐이야."

내가 꺼낸 강화소재는 네 가지였다.

고원 에어리어의 그랜드 록 정상의 코카트리스의 보스몹인 킹 코카트리스의 드랍템인 [왕계의 닭벼슬].

그랜드 록 내부의 말미잘 같은 보스, 전격 기생충의 드랍템인 [패러사이트 페이스메이커].

그리고 화산 에어리어의 던전 [도깨비의 별장]에서 입수한 [마귀정]과 [정화의 수정]을 준비하여 각각에 효과를 부여했다.

그 결과——

청과 은의 미스틱링 [장식품] (중량 : 1)

DEF +7   INT +3   MIND +12

추가효과 : [INT 보너스], [수 속성 향상(중)], [마법 상승(소)]

스노우화이트 팔찌 [장식품] (중량 : 1)

DEF +8   MIND +12

추가효과 : [회복효과(소)], [범위 강화(소)], [광 속성 향상(중)]

세이 누나용의 [청과 은의 미스틱링]에는 [마귀정]을 써서 마법 스테이터스를 향상시키는 추가 효과를 주었다.

그 외에 [INT 보너스]는 [조금] 센스를 가진 생산직이 부여할 수 있는 추가 효과로, [수 속성 향상]은 거기 사용된 블루라이트 광석에서 나타나는 추가효과다.

수 속성과 마법 특화 액세서리가 되었다.

뮤우용인 [스노우화이트 팔찌]에는 나머지 강화소재 세 개를 써서, 회복, 빛 마법 보조의 액세서리가 되었다.

광 속성의 [속성석]과 강화소재 [패러사이트 페이스메이커]의 추가효과가 중첩되어서 [광 속성 향상]의 효과가 한 단계 올라갔다.

"세이 누나는 마법 위력이 더 오를까. 뮤우는 일단 팔라딘이 된다고 그랬으니까 그거에 맞춘 범용적인 조합으로 했지."

두 사람이 기뻐하는 얼굴을 상상하니 자연스럽게 미소가

새어 나왔다.

기지개를 쭉 펴다가 보니까 이미 심야 시간대를 넘었다.

"아, 슬슬 자야지……. 목욕은 했으니까 자기만 하면 되고."

그렇게 중얼거리다가 어떤 사실을 떠올렸다.

"화산 에어리어의 온천 시설은 지금 시간대에 사람이 없을지도."

최전선 에어리어라서 플레이어 인구가 적다. 또 사람이 별로 안 오는 심야라면 누구의 눈에도 닿지 않고 온천을 만끽할 수 있지 않을까 하는 생각으로 얼른 행동을 개시했다.

남들의 눈에 띄지 않게 포털을 경유해서 던전 뒷문으로 전이하고 단숨에 온천 시설로 향했다.

"……아무도 없지. 실례하겠습니다."

나는 주위나 건물 내부에 사람이 없는 것을 확인하고 대나무발이 쳐진 입구에 신발을 벗고 조용히 안에 들어갔다.

그리고 탈의실의 어느 선을 넘자──

"오옷?! 장비가 전부 바뀌나."

내가 장비한 것이 강제로 목욕 타월 하나 두른 상태가 되었다.

수영복 같은 걸 가지고 있으면 타월 밑에 장비되는 모양인데, 애석하게도 그런 장비는 없으니…….

"아래는 알몸이군……. 아니, 내가 무슨 생각을 하는 거야!"

황급히 머리를 흔들어서 괜한 생각을 하려던 스스로를 질타하고 욕탕으로 향했다.

미덥잖은 목욕 타월을 두 손으로 두르면서 천천히 들어갔다.

"우와……. 안은 이렇게 되었나."

탈의실에서 욕탕 안으로 들어가자, 거기에는 울퉁불퉁한 바위로 만들어진 노천온천이 펼쳐져 있었다.

나는 사람이 없는지 거듭 확인하고 근처의 나무통을 들어 물을 끼얹은 뒤에 욕조에 발을 넣었다.

"현실에서는 타월을 적시면 안 되지만, 벗을 수 없으니까 어쩔 수 없어."

나는 미덥잖지만 절대로 벗겨지지 않는 타월을 손으로 누르면서 뜨거운 물에 몸을 담갔다.

"하아, 좋구나. [도깨비의 별장]은 나한테 잘 맞을지도 모르겠어. 으음, 1주일 동안 느긋하게 보냈구나."

전투도, 보스전이나 아레나에 도전할 정도라서 그렇게 고생인 것도 아니었다. 그로테스크한 몬스터나 던전보다는 몇 배나 낫다.

"왠지 온천거리라는 분위기나 맛있는 가게도 있어서 좋았어."

내일로 길드의 원정은 끝이다. 밤하늘을 올려다보며 하얀 연기가 사라지는 모습을 별생각 없이 지켜보았다.

그리고 멍하니 있는 사이에 [간파] 센스가 탈의실에 사람이 들어오는 것을 탐지해서 나는 허둥거렸다.

"어! 이 시간대에 나 이외의 사람이? 들키면 큰일인데?!"

남자인 내가 여탕에 있는 걸 들키면 사회적으로 끝장이라고 생각하고 어디 숨을 장소가 없나 찾는 사이에 상대가 목욕탕에 들어왔다.

"역시 아가씨인가."

"윤, 안녕."

"미카즈치, 세이 누나…….."

지인이라는 걸 알고 안도하는 동시에 이대로는 안 된다는 생각에 다급히 욕조에서 일어섰다.

어깨까지 잠겨 있던 물이 몸을 타고 흘러내리고 물을 먹은 목욕 타월이 무겁게 느껴졌다.

무거워진 목욕 타월을 손으로 누르면서 탈의실 쪽으로 발을 옮기지만——

"어?"

미카즈치와 엇갈렸나 싶었는데, 목욕 타월 끝을 붙잡혀서 그대로 다시 욕조로 내던져졌다.

커다란 물소리를 내며 떨어진 나는 황급히 일어서서 항의의 목소리를 내질렀다.

"푸핫! 위험하잖아! 게다가 목욕 타월이 벗겨지면 어쩔 건데!"

"왜 부끄러워하는데. 그보다 방금 들어오고서 나갈 것 없어. 잠깐 우리랑 놀자고."

그렇게 말하며 내 옆에 몸을 담그기 시작하는 미카즈치.

다시금 일어서려고 했지만, 머리를 붙잡혀서 욕조 안에

있을 수밖에 없었다.

스테이터스의 차이 때문에 반항도 할 수 없는 나는 체념하고 내 몸을 숨기듯이 하얗게 흐려진 물속에 입까지 담그고 부글부글 거품을 만들었다.

"왜 두 사람이 오는 거야."

"으음. 윤이 뛰어가는 걸 보니 걱정이 되어서 따라왔어."

"그렇다고 목욕탕 안까지 오면 부끄럽지 않아⋯⋯?"

"우리는 이 밑에 수영복을 입었으니까. 봐."

그렇게 말하며 세이 누나는 몸에 두른 목욕 타월에서 내비친 어깨끈을 보여주었다.

그때 가슴을 강조하는 자세에 나는 시선을 피했다.

"아, 알았어. 이제 됐으니까――힛!"

"크크큭, 풋풋하군. 귀엽잖아."

내 등을 손가락으로 스슥 훑는 미카즈치. 나는 반사적으로 몸을 젖히고 미카즈치를 노려보았다.

"미카즈치! 아니, 왜 보여주는데!"

세이 누나와 마찬가지로 목욕 타월을 슬쩍 내리고 수영복을 보여주는 미카즈치에게서 바로 눈을 돌렸다.

"그렇게 과도하게 반응하지 마. 귀여워서 괴롭히고 싶잖아."

"시끄러."

"뭐야? 사실은 납작가슴에 콤플렉스라도 있어? 안심해, 나도 그렇게 큰 편은 아니니까."

그런 게 있겠냐! 라고 속으로 소리치면서도 미카즈치를 노려보자, 미카즈치는 인벤토리에서 쟁반을 꺼내어 욕조 가장자리에 두었다.

다음에 꺼낸 것은 붉게 칠한 술잔, 그리고 술병이었다.

"미카즈치는 또 술인가."

"밤하늘을 보면서 달구경술도 운치 있잖아."

미카즈치는 붉은 술잔에 술을 따라서 채웠다.

"그건?"

"아레나의 7회전 경품── [마법의 잔]이야."

그렇게 말하며 얼마 없는 술을 들이키듯이 마시고 다시금 잔을 수평으로 들자, 아무것도 없던 잔에서 샘물처럼 액체가 솟았다.

"직전에 따른 액체를 MP 소비로 만들어내는 잔이지. 포션이라면 포션, 술이라면 술을 만들어. 물론 여기에 따른 아이템에 비례해서 MP소비가 필요하지만."

잔에 입을 대어 이번에는 조금씩 마셨다.

"미카즈치는 본래 용도와 다른 식으로 쓰니까. 게다가 이것만을 위해 아레나의 3회전과 7회전 경품을 노렸거든?"

한숨을 내쉬는 세이 누나. 나와 세이 누나가 고른 2회전과 5회전 경품은 크고 작은 두 종류의 고리짝이었다.

덩굴로 짠 상자 내용물은 랜덤으로 변해서, 세이 누나가 고른 큰 사이즈라면 다섯 개, 내가 고른 작은 사이즈라면 세 개의 아이템을 입수할 수 있다.

"4회전 경품은 [이름 없는 도깨비의 뿔]이란 소재. 5회전 경품인 고리짝은 운이 없으니까 아마 잡템이나 나오겠지."

기분 좋은 온천에 있으면서도 우울한 분위기를 뿌리는 세이 누나에게 나는 조심조심 말했다.

"세이 누나, 괜찮아. 저기…… 필요 없는 아이템이 있으면 내가 뽑은 거랑 교환해줄 테니까."

"으읏, 윤의 다정함이 짠하게 스며들어. 그와 동시에 역시 내 운을 기대하지 않는구나 싶어."

거듭 쳐지는 세이 누나와 대조적으로 미카즈치가 즐거운 듯이 웃었다.

"원정 마지막의 연회에서 전원의 앞에서 열면 되겠지. 대박이든 꽝이든 재미있는 이야깃거리는 돼."

"으읏, 미카즈치는 남의 일이라고 그렇게 말하고."

"사실 남의 일이니까. 그리고 윤 아가씨도 내일 연회에 참가해줘."

또 이름으로 불렀다. 아레나에서 한 번 그리고 여기서도 그러는 게 조금 기쁜 동시에 여태까지와 다른 호칭에 멋쩍어져서 다시금 입가까지 물에 담갔다.

"그리고 아가씨는 슬슬 어쩔 건지 결정해야지."

"결정?"

"길드 [팔백만]에 정식으로 가입할 건지, 슬슬 떠날 건지."

"……괜찮아. 이미 결정했으니까."

너무 마음 편해서 가끔 잊어버릴 듯한 사실. 그러니까 나는 처음부터 결론을 정해놓았다.

그리고 내 말을 듣고 미카즈치는 "그런가"라면서 씩 웃더니 남은 술을 단숨에 마셨다.

"그럼 나는 먼저 나갈게."

"음, 잘 자라고. 내일 연회에 늦지 마."

"윤, 잘 자."

나는 무거워진 목욕 타월을 손으로 누르면서 탈의실로 찰박찰박 발소리를 울리면서 걸어갔다.

그 뒤로 세이 누나와 미카즈치의 말을 들었다.

"윤 아가씨는 강하군."

"그래. 휩쓸리는 듯하지만 예전부터 스스로 정한 건 절대로 굽히지 않아."

두 사람의 말을 듣고 나는 속으로 부정했다. 나는 강하지 않다고.

종장　연회와 액세서리

　"무사히 화산 에어리어 원정을 다녀올 수 있었다. 그 결과 인해전술로 퀘스트 정보나 가게, 아이템, 시설 정보도 모았다. 이것도 길드 멤버의 공로 덕분이야. ——건배!"

　미카즈치가 술을 따른 컵을 한 손에 들고 길드 원정의 끝과 동시에 연회의 시작을 알렸다.

　나를 포함한 [요리] 센스 소유자들이 전력으로 사전준비로 갖춘 요리를 중심으로 길드 [팔백만] 멤버는 몇몇 그룹으로 나뉘었다.

　이 원정에서 입수한 아이템을 자랑하는 그룹, 얼른 옥션을 시작하는 그룹, 모험담을 서로 나누는 그룹 등이다.

　그중에서 나와 세이 누나는 눈에 띄는 장소에 있었다.

　세이 누나는 커다란 고리짝을, 나는 작은 고리짝을 꺼냈다.

　"윤, 준비 됐어?"

　"언제든지 오케이."

　""하나, 둘!""

　타이밍을 맞춰서 뚜껑을 열자 한순간 빛을 발한 고리짝 안에 아이템이 있었다.

　"……으읏, 이건?!"

　세이 누나가 연 커다란 고리짝 안에는 레어한 생산소재인

[봉래옥의 가지]가 세 개 들어 있었다.

"세이 누나, 잘 됐네. 탐내던 소재야."

"운이 나쁘지 않아서 다행이야! 마지막의 마지막에 탐내던 아이템이 들어왔어. 하지만……."

세이 누나는 기쁜 듯이 미소 짓다가 조금 표정을 흐렸다.

"지팡이를 만들려면 세 개로 충분하니까, 수중의 두 개가 남아버리네."

"아, 그건……."

애초에 희귀한 소재는 쓸 길이 한정되기 때문에 많이 입수하면 남는다.

"그래서 윤 쪽은 어때?"

"내 고리짝 안에는……."

작은 고리짝 안에는 귀걸이와 목걸이, 머리장식 같은 세 종류의 액세서리가 들어 있었다.

"액세서리지만 조금 레어한가?"

액세서리의 효과는 HP의 최대치가 절반이 되는 대신 스테이터스 증가라든가, HP가 일정 비율 이하로 내려가면 스테이터스 증가라든가, MP를 계속 소비하는 대신 SPEED 상승처럼 조금 특이했다.

"윤의 장비는 유니크 액세서리네."

나로서는 쓰기 힘든 효과라서 '액세서리 만들 때 참고 자료는 될까' 하는 생각에 한숨을 내뱉었다.

하지만 우리의 개봉을 지켜보던 사람들에게 나와 세이 누나의 고리짝에서 나온 아이템은 대박에 들어가는 것인지, 아레나에 도전하겠다는 의욕을 내비쳤다.

"그럼 우리는 미카즈치에게 돌아갈까."

"그래. 모처럼 준비한 요리를 다 먹기 전에 가자."

나와 세이 누나는 미카즈치가 있는 홀 구석으로 이동했다.

"여어, 제법 유쾌한 아이템이 나왔더군, 두 사람."

"윤 언니도 세이 언니도 어서 와~."

미카즈치와 뮤우네 파티는 먼저 요리를 먹기 시작하여 각자 그룹을 만들어 담소를 나누고 있었다.

"두 사람 다 레어한 아이템을 뽑다니 부러워. 나도 아레나에서 레어 장비를 입수할 테니까!"

"크크큭, 뮤우는 씩씩해서 좋아."

이미 술을 다소 마셔서 취기가 돈 모양인 미카즈치가 우리가 자리에 앉아서 요리를 먹기 시작할 즈음에 물었다.

"길드 원정도 끝났고, 아가씨나 뮤우는 어쩔 거지? 이대로 길드에 정식 가입할 거야? 아니면 떠날 거야?"

어젯밤에 들었던 내용이다. 나는 이미 결심했던 바를 말했다.

"나는──[아트리옐]로 돌아갈래. 미안, 길드에서 좋은 대접을 받았는데."

"우리도 의논해서 원래대로 돌아가기로 정했어요. 이번에는 즐거웠으니까 또 원정 갈 때는 불러줘요."

뮤우네도 [팔백만]에 가입하지 않기로 정한 듯했다.

우리의 선택에 이야기를 듣던 길드 멤버가 비명처럼 소리 쳤다.

"너희들, 시끄러워! 아무리 미소녀 권유에 실패했다고 해도 너무 시끄러!"

"하지만! 예쁜 애가 있는 편이 기운도 나잖습니까! 게다가 길마한테는 카리스마는 있어도 매력은 없어요!"

"아앗──!"

우리가 길드에 가입하지 않는 것에 낙담한 길드 멤버들이 미카즈치에게 눈총을 받았다. 이대로 즐거운 분위기를 깨뜨리는 건 미안하다고 생각하여 한마디 거들었다.

"아, 미카즈치. 저기…… 길드에 지인이 생겼으니까…… 가끔 놀러 와도 될까?"

"""──물론 대환영입니다!"""

연회장 전체에서 호흡 딱딱 맞게 울린 답변에 마음을 놓았다. 그와 동시에 내 말에 독기가 빠졌는지 길게 한숨을 내뱉는 미카즈치.

"으으, 여기서부터는 어른의 시간이니까 애들은 돌아가, 돌아가. 모처럼 권유할 수 있을까 싶었는데 이렇게 되었으면 홧술이다. 그리고 세이는 아가씨들을 밖에까지 잘 데려다줘."

미카즈치는 퉁명스럽게 손을 흔들고 돌아가라고 말했다. 그 모습에 길드 멤버들이 변덕도 많다든가, 쓸쓸한 거라고 지적하는 바람에 미카즈치는 이번에야말로 육각곤을 들고

일어섰다

"고마워, 미카즈치."

"고마웠습니다. 재미있는 일이 있으면 전력으로 달려올 게요!"

마지막 인사는 무시당했지만, 미카즈치의 귀가 살짝 붉어 진 것을 보면 멋쩍어서 그러는 걸까. 그렇게 생각하면서 세 이 누나와 뮤우 등과 함께 길드 입구 쪽으로 이동했다.

뒤에서 길드 멤버들이 비탄의 소리를 지르는 게 들리는 가운데, 나는 뮤우와 세이 누나를 불러 세웠다.

"뮤우, 세이 누나……."

"왜 그래, 윤 언니?"

"왜, 윤?"

"저기…… 나를 공방에서 데리고 나와줘서 고마워."

"후후후, 그럼 사례를 받을까? 뭔가 대단한 레어 아이템 같은 걸로."

뮤우가 농담처럼 말하기에 나는 곧바로 뮤우를 위해 만든 비즈 팔찌를 건넸다.

"어, 진짜로 주는 거야?!"

하얀 비즈 팔찌를 받은 뮤우는 그걸 가만히 바라보며 기 뻐하려는 동시에 내 선물에 멋쩍어했다.

"기쁘긴 한데 뭔가 비겁해! 농담으로 한 말인데 정말로 아 이템을 준비했다니!"

"어어, 일단 감사의 말로 받아둘게. 그리고 세이 누나한테도."

"어머, 기뻐라. 잘 장비해서 쓸 테니까."

"나, 나도 소중히 쓸게!"

뮤우와 세이 누나가 기쁘게 받아줘서 다행이다.

"그럼 우리는——"

"윤, 뮤우. 잠깐 기다려."

길드를 떠나려는 우리에게 말을 거는 세이 누나.

"실은 미카즈치한테 받아온 게 있어. 그러니까 또 놀러 와."

나와 뮤우네 파티는 [팔백만]의 프리 패스권이라고 할 수 있는 황금 초대장을 세이 누나에게 받고 길드 홈을 떠났다.

나는 일단 [아트리옐]로 들른 뒤에 로그아웃하기로 했다.

뮤우네 파티는 그대로 어디에 모험을 간다고 하기에 거기서 헤어지고, 전송 나온 세이 누나도 [팔백만] 길드 홈으로 돌아갔다.

"자, 나도 돌아가야지. 내 홈으로."

●

그리고 나는 오래간만에 [아트리옐]로 돌아왔다.

이렇게 오랫동안 [아트리옐]을 떠난 적이 없었기 때문에 조금 불안했지만, 가게 안에 들어가서 평소와 다름없이 카운터식 점포와 거기를 관리하는 NPC 쿄코의 모습에 안도했다.

"윤 씨, 돌아오셨습니까."

"응, 쿄코, 가게는 어때?"

"판매, 위탁 모두 평소와 다름없습니다. 보고드릴 사항은 밭에 심었던 과일의 씨가 싹을 틔우기 시작했다는 정도입니다."

"알았어. 나중에 확인할게. 그리고 이건 새로운 상품과 그 소재의 샘플인데, 다음에 시장에서 그 소재를 찾거든 확보해 줄 수 있을까? 또 [카르코코의 씨앗]을 재배할 수 있을까?"

나는 길드 [팔백만]에서 만든 세 종류의 아이템을 꺼내어 생산, 판매 체제를 정비하기 위해 쿄코와 의논했다.

그때 [아트리엘] 입구 부근이 조금 시끄러워지더니, 다음 순간 입구의 문을 힘껏 열면서 사람들이 밀려들었다.

"윤 군, 어서 와! 이제 안 돌아오나 했어~."

"윤찌, [팔백만] 견학은 어땠어?"

"흠, 아무래도 신상품이 입하되었군. 가격도 문제없다. 몇 개 사볼까."

내가 [아트리엘]로 돌아온 것을 들은 마기 씨와 여러 사람들이 모여서 찾아왔다.

[아트리엘]의 단골 플레이어들도 내가 카운터석에 앉은 모습을 보고 저마다 돌아와서 다행이라고 하면서 가게로 들어왔다. 나는 갑작스러운 사태에 혼란스러워서 허둥거렸다.

"다, 다들 왜 그래?!"

"다들 윤 군이 돌아온 걸 기뻐하는 거야!"

"타, 타쿠까지!"

"자, 얼른 일이다!"

그렇게 말하며 타쿠는 내가 이전에 준 [옐로우포션]을 꺼내서 보여주었다.

"이 [옐로우포션]은 그랜드 록의 심장을 치료하는 데에 효과가 커. 그러니까 얼른 판매해줘!"

"정말로?! 그렇다면——"윤 군, 잠깐 기다려!""

타쿠의 놀라운 한마디에 [아트리엘]을 떠나기 전에 고민했던 게 너무 쉽게 해결되어서 무심코 벌떡 일어나려던 찰나에 마기 씨가 제지하였다.

"아직 적정가격도 정하지 않은 아이템을 판매하면 안 돼! 게다가 윤 군을 타쿠 군만 독점하는 건 비겁해."

"그러고 보면 적정가격을 의논할 필요가 있나. 아, 그렇지. 이거 던전에 다녀온 선물입니다."

"어, 고마워. 뭐려나?"

나는 톱 생산직들에게 [도깨비의 별장]에서 손에 넣은 아이템을 건넸다.

타쿠는 그걸 부럽게 바라보았지만, 내가 한마디 했다.

"타쿠한테는 없어. 그보다 그 [옐로우포션]이 선물인 걸로."

"진짜냐."

"한마디 더 하자면 [옐로우포션]의 소재가 부족하니까 지금 만들 수 있는 개수는 한정돼."

내 말을 들은 타쿠는 고개를 푹 숙였지만, 다시금 고개를 들고 의욕을 보였다.

"좋아, 그럼 소재를 모아올 테니까 그 소재로 우선적으로 만들어줘!"

내 대답도 안 듣고 달려가는 타쿠. 그걸 보면서 정말 어쩔 수 없다고 쓴웃음을 지었다.

"할 일이 너무 많아. 뭐, 하나씩 해볼까."

[팔백만]에서 기분 전환을 하여 기력을 충전한 나는 가게에 모인 지인, 단골 플레이어들과 대화를 재개했다.

그로부터 며칠 동안 [아트리옐]은 대성황이 이어졌다.

내 일상이 또 시작된다.

── 스테이터스──

NAME : 윤

무기 : 검은 소녀의 장궁

부무기 : 마기 씨의 식칼, 고기 써는 식칼 – 중흑, 해체식칼 – 창무

방어구 : CS No.6 오커 크리에이터

액세서리 장비 용량 2/10

– 페어리 링 (1)

– 대신하는 보석의 반지 (1)

소지 SP 53

[활 Lv48] [장궁 Lv27] [하늘의 눈 Lv12] [준족 Lv16]

[간파 Lv29] [마도 Lv15] [부가술 Lv37] [지 속성 재능 Lv28]

[조약 Lv50] [요리인 Lv11]

대기

[연금 Lv43] [합성 Lv43] [생산의 소양 Lv50] [조교 Lv17]

[조금 Lv25] [수영 Lv15] [언어학 Lv24] [등산 Lv21]

[신체내성 Lv3] [정신내성 Lv1]

인포메이션

– New : [조약] 레벨이 50에 도달. 상위 센스가 발생.

– New : [생산의 소양] 레벨이 50에 도달. 상위 센스가 발생.

원정 결과

– [아트리엘]에 새로운 아이템 [옐로우포션], [도깨비의 묘약환], [성산의 마법수]가 입하되었습니다.

– 지인 플레이어들에게 줄 선물을 잔뜩 가지고 돌아왔습니다.

작가 후기

처음이신 분, 오래간만이신 분, 안녕하세요. 아로하자초
입니다.

이 책을 손에 들어주신 분, 담당 편집자 A씨, 작품에 멋진
일러스트를 준비해주신 유키상 님, 코미컬라이즈판의 하니
쿠라운 님, 또 인터넷에서 제 작품을 봐주신 분들에게 다대
한 감사를 드립니다.

현재 드래곤매거진에서 연재중인 지인공의 여동생 뮤우
가 주역인 OSO 외전 [백은의 여신]이 단행본으로 등장. 또
코미컬라이즈 2권도 발매중이니 이쪽도 잘 부탁드립니다.

이번 8권은 지난번 이야기를 쓰던 단계에서는 넣을 수 없
었던 내용에 신규 요소도 더해서 새롭게 재구성했습니다.
재미있게 봐주셨습니까. 재미있었다면 다행입니다.

이번 이야기의 테마는 윤 일행도 OSO 안에서 만끽한 [온
천]으로 할까 생각합니다.

제 본가 주변에는 온천이 여럿 있습니다.

유명한 것은 역 안에 족욕탕이 있는 곳이나 간헐천이 솟
는 곳까지 있었습니다. 하지만 간헐천은 지역의 공사나 그
런 이유로 땅 속의 상태가 변했는지 더 이상 나오지 않게 되

고, 지금은 정비된 흔적과 간판이 남았을 뿐입니다.

그런 온천과 밀접한 관계를 가진 고향에서는 회비를 내면 쓸 수 있는 지역의 공동온천이 있습니다. 어렸을 적에는 그 온천에 가서 뜨거운 물에 몸을 담그는 일이 많았습니다. 하지만 나름 시간이 지나면서 집의 목욕탕에 혼자 들어가게 되면서 그런 장소에 가지 않게 되었습니다.

그로부터 또 시간이 많이 지나서 오래간만에 생각이 나서 다시금 그 온천에 한 차례 다녀왔습니다.

어렸을 적에는 신경도 쓰지 않았던 온천의 효능이 나붙은 종이를 차근차근 읽어보고, 예전의 기억보다도 작게 느껴지는 욕조에서 팔다리 쭉 펼 수 있었습니다.

어렸을 적에는 뜨겁게 느껴졌던 온천도 지금은 딱 좋은 정도. 또한 새벽에 가면 아무도 없어서 전세낸 것처럼 조용히 푹 즐길 수 있다는 사치.

그리고 따끈따끈해진 몸으로 집의 이불에 들어가서 푹 자는 게 그 당시의 마이 트렌드였습니다.

최근에는 귀찮아서 샤워만으로 끝내는 일이 많으니, 어디 맛있는 거라도 먹으러 가고 온천에라도 들어가서 느긋하게 지냈으면 싶은 마음이 다소 있습니다.

앞으로도 저, 아로하자초를 잘 부탁드립니다.

마지막으로 이 책을 손에 들어주신 독자 여러분에게 거듭 감사드립니다.

또 여러분을 만날 수 있는 날을 기대하겠습니다.

2015년 12월 아로하자초

소미미디어 라이트 노벨 시리즈

길드의 치트 접수원
1

치트지만 평범(?!)하게 지내고 싶은
길드의 접수원 이야기 START!

◆ 초판한정 ◆
스페셜 책갈피 증정

"어서 오세요. 오늘도 감사합니다."

나츠니 코타츠 지음
미야 카즈토모 일러스트
신동민 옮김

어느 날 덜렁이 신의 실수로 목숨을 잃은 아키노 토모아키.
사과로 치트를 무제한으로 쓸 수 있는 전생을 제의받아서 흔쾌히 받아들였는데, 다시 태어난 모습은 엘프 여자아이였다?!
그로부터 시간이 흘러 토모아키는 재색을 겸비한 접수원 일리아로서 길드 연합 뤼네빌 지부에서 일하고 있었다.
검과 마법의 세계에서 길드 업무가 오늘도 시작된다.

© Natsunikotatsu 2014 / Futabasha Publisher Ltd.
Illustration Miya Kazutomo

Snovel

스승과 제자의 유대가 자아내는
이세계식 육성 미션 제3막 개막!!

월드 티처
3

신작 번외편 《축제는 계속된다》 수록!

◆ 초판한정 ◆
스페셜 양면커버, 소책자 증정

최강의 에이전트, 모든 스위치 해제.
드디어 '금단'의 능력이 각성한다──!!

네코 코이치 지음
Nardack 일러스트
이승원 옮김

전직 세계 최강의 에이전트인 시리우스의
'후계자 육성'은 엘리시온 학교를 무대 삼아
순조롭게 진행되고 있다.
한편, 지나칠 정도로 순조롭게 성장한 제자
들의 실력은 그들을 눈엣가시로 여기는 세
력이 위협적으로 느끼기에 충분했다. 미궁
탐색이 허락되는 나이가 된 제자들에게 드
디어 그들의 마수가 닥쳐온다.
적의 음모에 빠지고만 제자들을 구하기 위
해, 스승인 시리우스는 숨겨왔던 진짜 실력
을 발휘한다──!!

"너희는 내 적이다……! 살아있는 걸…… 후
회하게 만들어주마."

그리고 새로운 제자인 리스가 아무에게도 말
하지 못했던 비밀 또한 밝혀지는데──?!

© 2016 by Koichi Neko / OVERLAP
Illustration by Nardack

Only Sense Online Vol.8
©Aloha Zachou, Yukisan 2016
First published in Japan in 2016 by KADOKAWA CORPORATION, Tokyo.
Korean translation rights arranged with KADOKAWA CORPORATION, Tokyo.
Korean translation rights ©2017 by Somy Media, Inc.

온리 센스 온라인 8

2017년 2월 8일 1판 1쇄 인쇄
2017년 2월 15일 1판 1쇄 발행

저   자 아로하자초
일 러 스 트 유키상
옮 긴 이 한신남
발 행 인 유재옥
본 부 장 조병권
담당편집자 김민지
편   집 김민지 김진아 정영길 박찬솔 권오범
라이츠담당 오유진
디 지 털 홍승범
발 행 처 ㈜소미미디어
등   록 제2015-000008호
주   소 서울시 마포구 토정로222, 403호(신수동, 한국출판콘텐츠센터)
판   매 ㈜소미미디어
마 케 팅 박지혜
전   화 편집부 (070)4164-3962, 3963 기획실 (02)567-3388
            판매 및 마케팅 (070)4165-6888, Fax (02)322-7665

ISBN 979-11-5710-710-0 04830
ISBN 979-11-5710-083-5 (세트)